Hildegard Rauschenbach

Koddrig und lustig

Hildegard Rauschenbach

Koddrig und lustig

Ostpreußische Originale
in einem Pungel

RAUTENBERG
im Verlagshaus Würzburg

Umwelthinweis:
Dieses Buch und der Umschlag wurden auf chlorfrei gebleichtem Papier gedruckt.
Die Einschrumpffolie – zum Schutz vor Verschmutzung – ist aus umweltverträglichem und recyclingfähigem PE-Material.

Printed in Germany
Druck und Verarbeitung: Offizin Andersen Nexö, Leipzig

Rautenberg im Verlagshaus Würzburg

ISBN 3-8003-3065-2

Inhaltsverzeichnis

EIN WORT ZUVOR

Jede Landschaft hat ihre Originale, und natürlich hat sie auch unser altes Ostpreußen gehabt: Menschen von einmaliger Art, urwüchsig, durch besondere Wesensart auffallend. Mit einigen solcher Originale, die in dem weiten Land zwischen Weichsel und Memelstrom gelebt haben, wollen die folgenden Seiten dieses Buches den Leser bekannt machen, sie werden aber auch vieles, das er längst vergessen glaubte, wieder in ihm lebendig werden lassen.

Während ich in der ersten Geschichte ein ganzes Leben aufgezeichnet habe, mußte ich mich bei den anderen vier darauf beschränken, was mir bekannt war; diese liebenswerten Originale leben nicht mehr.

Fischer aus Pillkoppen

„Vom Bäckerjungen zum Millionär“, die erste Geschichte, habe ich der besseren Übersicht wegen in einzelne Kapitel unterteilt, und bevor ich „mein Original“ selbst erzählen lasse, hier noch eine kurze Schilderung, wie *ich* ihn erlebt habe:

Es muß im Frühjahr 1980 gewesen sein, als ich ihn kennenlernte, den Lorbas, von dem ich hier erzählen will. Die Rastenburger hatten ihr Kreistreffen in den Berliner-Kindl-Festsälen, und wie ich gehört hatte, sollte ein Dia-Vortrag von einer Reise in das südliche Ostpreußen gebracht werden. Das interessierte mich, und ich fuhr hin.

Nachdem die beeindruckenden Fotos gezeigt worden waren, fragte ich den Kreisvertreter, ob ich ein selbst verfaßtes ostpreußisches Gedicht vortragen könne. Er gestattete es. Ich trug mein Frühlingsgedicht, das von meinem erprobten Rezept gegen meine alljährlich wiederkehrenden Sommersprossen handelte, vor, erntete Gelächter und Beifall. In die darauf folgende Stille ertönte in herrlichstem Ostpreußisch: „Das is ja e ganz aparte Marjell."

Ein wenig verlegen schaute ich in die Runde der lachenden Gesichter. Wer wollte mich hier auf den Arm nehmen?

„Er" löste sich aus einer Gruppe beieinander stehender Männer, kam auf mich zu und gab mir die Hand.

„Hast' fein gemacht, Marjellchen. Ich bin der Heinz Thews. Und da drüben huckt meine Frau, komm', huck' dich zu uns."

So also lernte ich ihn und seine Frau Leni kennen und sollte alsbald, bei näherem Kennenlernen, merken, daß in diesem Heinz Thews viele Eigenschaften stecken, die ein ostpreußisches Original ausmachen: humorvoll, immer hilfsbereit, nie beleidigend oder ausfallend, immer die Ruhe bewahrend, kameradschaftlich, spendabel, kurzum – um es mit seinen eigenen Worten zu sagen –, „er hat ein Gemüt wie eine Lachtaube." Die herausragendste Eigenschaft an ihm ist, das glaube ich mit Recht sagen zu können, sein trockener Humor, den er auch in brenzlichsten Situationen nicht verliert. Und in die kommt er oft.

Zwölf Jahre kennen wir uns nun. – Und in diesen Jahren habe ich des öfteren Gelegenheit gehabt, ihn bei Schilderungen seiner kuriosen Unternehmungen zu erleben, die durch seinen unverfälschten ostpreußischen Dialekt noch die richtige Couleur erhalten. Ob er von seiner Lehrzeit als Bäckergeselle erzählt, ob von seinem ersten geschäftlichen Erfolg als Marktschreier oder die Story vom Knobeln um seine spätere Frau zum besten gibt, Heiterkeit ist garantiert. Meistens schildert er Erlebnisse solcherart in geselliger Runde ostpreußischer Landsleute, denn nach etlichen „Pillkallern" und Bierchen heißt es: „Heinz, erzähl' was." Nach einem seiner beliebten Standardsprüche „na wenn ihr so bettelt", legt er los.

Bei den Ostpreußen ist er einer der aktivsten. Seit 1956 ist Heinz Thews Kreisbetreuer der Gruppe Heiligenbeil in Berlin, und er hat es geschafft, die größte Mitgliederzahl aller Kreise zu haben, die in Berlin vertreten sind. Jeden, den er ins Visier genommen hat, bringt er in seiner charmanten Art dazu, dem Heimatkreis Heiligenbeil beizutreten. Manch ein Werbefachmann oder Versicherungsvertreter könnte wohl von ihm lernen, denn dieses Schlitzohr hat einen ganz besonderen Trick: Mit gedämpfter Stimme, mitunter auch hinter vorgehaltener Hand, sagt er:

„Eigentlich haben wir ja bei den Heiligenbeilern Aufnahmesperre, wir sind all zu viel, aber bei Ihnen werden wir eine Ausnahme machen."

Wer kann da widerstehn, das Argument zieht, Aufnahmeformular ist bereits zur Hand, der so Angesprochene unterschreibt, und Heiligenbeil hat wieder ein Mitglied mehr. Zur Zeit sind es 180. Nun sind aber beileibe nicht alle Ostpreußen, die er motiviert, geschweige denn Heiligenbeiler. Eine beträchtliche Anzahl Ur-Berliner sind in diesem Verein schon zu „gelernten Ostpreußen" geworden.

Einmal hat Heinz Thews es beinahe geschafft, einen Taxifahrer, der uns nach Hause kutschierte, als Mitglied zu gewinnen. „Das is aber ein nettes Kerlchen, der is bestimmt Ostpreuße." (So fängt seine Anbändelei mit jedem Taxifahrer an.) In diesem Fall sagte der Fahrer: „Nein, ich nicht, aber mein Großvater war Ostpreuße." „Nu sagen Se bloß noch, der war aus Heiligenbeil!" „Nein, ich glaube, der war aus Allenstein." „Na, das is ja nich weit weg von Heiligenbeil, da komm' ich nämlich her. Und hier in Berlin treffen sich die Heiligenbeiler mehrmals im Jahr. Wollen Se nich auch kommen, wir sind ein ganz lustiger Verein."

Der Taxifahrer, ein junger Mann, war sichtlich verlegen. Meine Fahrt war leider zu Ende, ich mußte aussteigen, so habe ich nicht weiter verfolgen können, ob Heinz Thews es noch versucht hat, den jungen Mann trotz „Aufnahmesperre" als neues Mitglied anzuwerben.

Seine Aktivität erschöpft sich aber nicht nur in seiner Funktion als Kreisbetreuer. Trotz seiner fast achtzig Jahre Lebensdasein ist er noch im Vorstand der Landesgruppe Berlin in der Landsmannschaft Ostpreußen, und im Verband „Vertriebene Wirtschaft" hat er lange Jahre Geschäftsleuten aus Vertreibungsgebieten beigestanden, beraten und geholfen, zu ihrem Recht zu kommen.

Wie sehr dieser rege Ostpreuße bemüht ist, heimatliches Gedankengut weiterzugeben, zeigt auch Folgendes: In seiner Wohnnähe befindet sich das chinesische Lokal „Lai-Lai", in dem man nicht nur vorzüglich speist, man wird auch mit wohltuender Herzlichkeit von der Ehefrau des Inhabers bewirtet. Und in diesem Lokal sind Thews, entweder mit Familie oder mit Freunden, oft zu Gast. Das chinesische Ehepaar hat zwei Kinder, acht und zehn Jahre alt, ein Mädchen und einen Jungen. Sie sprechen schon recht gut deutsch, aber eben doch noch mit dem Klang der chinesischen Sprache behaftet. Und diese beiden Kinder singen das Ostpreußenlied! Eingeübt von Heinz Thews.

Es ist anrührend und urkomisch zugleich, wenn die Kinder, ausgestattet mit allen liebenswerten Attributen des Chinesischen, wie Mandelaugen und rabenschwarzen Pagenköpfen, singen „Land del dunklen Wäldel und klistallnen Seen ...“

Ja, unser Ostpreußenlied hat sogar Furore in einer Berliner Schulklasse gemacht! Als das Chinesentöchterlein das Lied der Lehrerin vorsang, hatte es der Lehrerin so gut gefallen, daß sie es mit der ganzen Klasse einübte. Und als der Tempelhofer Bürgermeister Geburtstag hatte, sangen die Kinder ihm unser Ostpreußenlied als Geburtstagsständchen.

Täglich geht Heinz Tews trotz seines Alters nicht nur zum Schwimmen, täglich bringt diese unverwüstliche Frohnatur auch seiner liebenswerten Frau Leni, mit der er bereits Goldene Hochzeit gefeiert hat, das Frühstück ans Bett.

Und dieses ostpreußische Prachtexemplar soll der Hauptdarsteller der folgenden Geschichte werden.

VOM BÄCKERJUNGEN ZUM MILLIONÄR

Springen wir hinein in das Jahr 1919, als Klein-Heinz ein strammer Stabutzer von sechs Jahren war. Der erste Weltkrieg war seit einem halben Jahr zu Ende.

Aber lassen wir ihn selbst erzählen.

Ich frage ihn nach seiner ersten Erinnerung an ein Erlebnis in seiner Kindheit. Er überlegt kurz. –

Also meine erste Erinnerung an mein Erdendasein ist, daß ich im Matrosenanzug auf einem Bahnhof steh' und immer meine Mütz' inne Luft werf'. Meine Mutter und meine Tante greifen immer rein wie damlich nach der Mütze und setzen se mir wieder aufen Kopp. Ich freut' mich über das schöne Spielchen, ich wußt' ja nich, daß in der Mütze viertausend Mark eingenäht waren.

Das hatte sich auf einem Bahnhof in Westpreußen abgespielt. Wir waren nämlich, als die Russen 1914 in Ostpreußen eingefallen waren, nach dort geflüchtet. Meine Mutter, Tantchen und ich. Der Vater war Soldat. Das Nest, in dem wir gewohnt hatten, hieß, glaub' ich, Jeszice. Ich besinn' mich nich mehr genau, ob meine Mutter da ein Haus gepachtet hatte oder wir zur Miete gewohnt hatten, jedenfalls wurde, bevor wir uns auf den Weg nach Ostpreußen machten, das ganze Gesums verkauft und das dafür erhaltene Geld in meine Mütze eingenäht. Die polnische Miliz hat damals alle Deutschen, die wieder in ihre Heimat zurückfuhren, kontrolliert, ob nich Geld rausgeschmuggelt wurde. So fummelten se auch die beiden Frauen ab, aber die hatten ja nuscht; mich kleinen Gnubbel hatte keiner beachtet.

In diesem Zusammenhang muß ich noch was erzählen, was auch in Westpreußen passiert is, allerdings vier Jahre später.

Ein Onkel von mir war in einem Nest bei Posen Lehrer, und er hatte mich in den Ferien zu sich geholt. Hat mir sehr gut gefallen dort, er und seine Frau haben mich betuddert, wo bloß ging. Nu hab' ich mich ja auch öfter mal alleine rumgetrieben und mich jrimmeliert, wenn ich die Leute, die ich unterwegs traf, nich in polnischer Sprache grüßen konnte. Ich war all damals ein höflicher Mensch. Darum fragte ich meinen Onkel, wie „Guten Tag" auf polnisch heißt.

„Pacalog mi w dupe heißt das", schmunzelte mein Onkelchen. Das Schmunzeln hätt' mich eigentlich stutzig machen sollen.

Ach du grieses Katerchen, war das schwierig auszusprechen, aber ich übte so lang bis ich es konnte. Und bei meinen nächsten Begegnungen mit Leuten riß ich mir de Mütz' vom Kopp und sagte freundlich: „Pacalog mi w dupe."

Ich wunderte mich, daß die Leute ganz boßig guckten, ja, mir sogar mit der Hand drohten; wo ich doch so höflich war. Als sich dann einige Leute bei meinem Onkel über mich beschwerten und er mir sagte, was die Worte auf deutsch heißen, wunderte ich mich nich mehr. Sie heißen: „Leck mich am ...".

Von Westpreußen aus fuhren wir zurück nach Ostpreußen und zwar nach Zinten, bei Heiligenbeil. Aus welchem Grund sich meine Eltern Zinten als neuen Wohnort ausgesucht hatten, weiß ich nich, zuvor hatten wir in Tolkemit gewohnt. Davor aber hatte mein Vater eine Bäckerei in Szitkehmen bei Goldap gehabt, und dort hab' ich das Licht dieser verrückten Welt erblickt. Mein Vater war nämlich „Brötchenarchitekt", ja, er nannte sich sogar „Kaiserlicher Hoflieferant"! In der Rominter Heide, in deren Nähe Szitkehmen lag, befand sich das Jagdschlöß des Kaisers, und Vater hatte nich nur wenn der Monarch dort zum Besuch weilte die Backwaren für das Schloß geliefert, er lieferte sie auch ständig für die Dienstboten. Als wir nach Tolkemit gezogen waren, belieferte Vater die „Kaiserlichen" – wie mein Vater immer sagte – weiter, denn in der Nähe war die „Kaiserliche Majolikafabrik Cadienen".

Ich war als Kind immer sehr beeindruckt, wenn in späteren Jahren mein Vater davon erzählte:

„... und dann hab' ich mir die Hände vom Teig gesäubert", dabei machte er vor, wie er sich den Teig abstrich und abschlackerte, und sagte jedesmal:

„Was wir uns von den Händen schaben,
daran soll sich der Kaiser laben.
So, Wilhelm, nu laß es dir gut schmecken!"

Mit Stolz in der Stimme hat er auch immer davon erzählt, daß er während des Krieges bei der Armee des Generalfeldmarschalls Mackensen Backmeister gewesen war.

Ganz respektabel sah er aus, mein Vaterchen; er war nich, wie die meisten Bäcker, son dicker Prömmel. Nich ein bißchen Schmeerbauch hat er gehabt, er war groß und schlank. Und seinen Kopf zierte eine sogenannte Hindenburgfrisur.

Nach Kriegsende, als mein Vater aus dem Wehrdienst entlassen worden war, hatte er gleich in Zinten die Bäckerei, mit dem dazu gehörenden Haus, vom alten Hempel gekauft. So fingen meine Eltern wieder ganz von vorne an. Ich nehm' an, daß dafür die viertausend Mark aus meiner Mütze gute Dienste geleistet haben.

Nu hätt' ja losgehn können mit Brot und Hutzel backen, aber gab doch kaum Mehl. Doch da hätte mein Vater nich Walter Thews heißen müssen, wenn er sich nich zu helfen gewußt hätte. Er war geschäftstüchtig wie kaum ein anderer. Das Talent muß er mir vermacht haben. Ja, mußtest damals ganz schön aufen Kien sein, wolltst auch mal e Spirgel inne Pfann' haben.

Nach überallhin wo bloß denken konntst, hatte mein Vater Beziehungen. Auch einen Lokführer hatte er sich gekeschert, der versorgte ihn mit Mehl. Woher der Mensch das Mehl hatte, danach fragte mein Vater lieber nich. Ich kann mich noch gut daran erinnern, wie wir mit unserem Kunterchen, das vor die Schleef gespannt war, auf den Zug warteten; manchmal nahm mich mein Vater mit. Kurz vor dem Bahnhof, an der Straßenschranke, hielt der Zug, der Lokführer reichte die Säcke raus, paar Scheinchen und einige Schachteln Zigaretten wechselten den Besitzer, und der Zug dampfte wieder ab.

Jetzt konnten Brot und Brötchen gebacken werden, und im Laden von Thews gab es damals immer Brot. Sogar von Königsberg kamen die Leute, um sich mit Backwaren zu versorgen.

Das Geld, das Vater erübrigen konnte, legte er in Zigaretten an, die er auch nur durch Beziehungen zum Großhandel erhielt. Wie alles, so wurden auch die Zigaretten von Tag zu Tag teurer, die Inflation steuerte ihrem Höhepunkt zu. Und Zigaretten hatten den Vorteil, daß sie nich verderben konnten, ebenso Streichhölzer; davon stapelten sich bei uns in einem Zimmer Pakete bis zur Decke. Wahrscheinlich hatte mein Vater auch Beziehungen zum Zündholzmonopol.

Ach ja – da tauchte doch eines Tages eine Tante aus Amerika auf, die hatte einen ansehnlichen Haufen Dollar mit.

„Tausch' die ein“, meinte ein Onkelchen von mir, „der Dollar steht sehr hoch.“ Und Tantchen tauschte etwa die Hälfte ihrer Dollar ein. Wär' se man so schlau gewesen, das eingetauschte Geld gleich auszugeben, da hätt' se sich in Zinten eine ganze Straße dafür kaufen können. Paar Tage später krichte se bloß eine Nähmaschine dafür.

Da war mein Vater schlauer, er sagte: „Für das übrige Geld kaufen wir Zigaretten.“ Das tat er dann auch. Und die Zigaretten wurden so schnell teurer, so schnell konntst gar nich kucken. Aber das bracht' nu ein' Haufen Arbeit mit sich, denn die Schachteln mußten ständig neue Banderolen bekommen, die Vater vom Finanzamt holte. Die ganze Familie und die Bäckerjungens waren eingespannt zum Banderolenkleben.

Vaters Geschäftssinn erstreckte sich aber nich nur auf das Horten von Zigaretten und dem Funktionieren des Bäckerei-Betriebes, er entwickelte sich auch zum Süßwaren-Großhändler. Waren von Mauxion und Sarotti stapelten sich bei uns in allen Ecken. Auch an einer Konsum-Gesellschaft beteiligte er sich, der ersten in Zinten. Der Konsum wollte von den Bäckern Brot zum Verkauf haben, aber, obwohl es sechs Bäcker in Zinten gab, wollte den Konsum niemand beliefern. „Geschäft is Geschäft", sagte sich mein Vater, und „Geld stinkt nich", und er lieferte für den Konsum das Brot. Daraufhin hieß er in der ganzen Umgegend „Der rote Thews".

Dabei war mein Vater weder Kommunist noch Sozialdemokrat. Treu Deutschnational war er, nationaler ging all gar nich. Aber die Konsum-Genossenschaft war von den sozialistischen Arbeiterparteien gegründet worden, und das paßte den Bürgerlichen nich. Später hat sich dann alles beruhigt, und mein Vater wurde sogar von der Bäckerinnung zum Obermeister vorgeschlagen.

Dazu kam es allerdings nich mehr, mein Vater starb 1923. Ich war damals elf Jahre alt. Es hieß, seine Lunge wäre durch den Krieg kaputt gewesen.

Zunächst führte meine Mutter die Geschäfte alleine weiter, schlecht und recht. Da half nuscht, sie mußte einen Meister einstellen, der die Oberaufsicht hatte und auch was von den anderen Geschäften verstand. Nacheinander mußt' se drei Meister einstellen, die Kräten wollten se alle heiraten! Da hat es ihr gereicht, und sie verkaufte ihr Weltunternehmen an den Bäckermeister August R. Der war verheiratet.

Lehrjahre sind keine Herrenjahre

Ich glaub', nu muß ich auch mal was über meine Schulzeit erzählen. –

Weißt ja, wie das damals auf dem Schlorrengymnasium war: ein Lehrer für acht Klassen. Wir hatten einen Klassenlehrer, der war ständig besoffen. Wenn er am Montag morgens in die Klasse kam, muß der noch ganz schön im Schumm gewesen sein, oder er spürte zumindest noch die Nachwirkungen. Eine Stunde lang, bis zur Pause, ließ er uns die Tonleiter rauf und runter singen, und er hatte dabei den Kopp auf das Katheder gelegt und pennte. Wurden wir auch nur ein wenig leiser, schlug er mit dem Tröster auf das Katheder und schrie: „Weitersingen – weitersingen!" Und wir sangen weiter unser „la – la – la – la ..."

Als dann in Zinten ein Realgymnasium gebaut wurde, was ja für eine Kleinstadt, wie Zinten es war, etwas ganz besonderes bedeutete, mußt' ich, als ich zehn Jahr' alt war, auch auf das Ding. Kostete fünfzehn Mark Schulgeld im Monat. Und es ging gleich los mit Latein – Erbarmung!! Diese verrückte Sprache versuchte uns ein Studienassessor einzutrichtern, der ein ganz zackiger Stahlhelmer war. War der ein langes Gerebbel! Und immer wenn er uns was erklärte, grabbelte er an seinem Kaiser-Wilhelm-Schnurrbart rum; mal strich er ihn glatt, mal zwirbelte er ihn nach oben. Später kam dann noch Englisch hinzu, und der Englisch-Lehrer hatte sich in meine Mutter verknallt; wollt' se sogar heiraten. Zuerst war mir das gar nich so unsympathisch, aber dann merkte ich, daß der Knochen soff. Heimlich still und leise. Ich dacht' immer, daß der so gut Englisch spricht, dabei gehorchte ihm bloß nich de Zung', weil er zu tief inne Wärmflasch' gekuckt hatte.

„Bei dem Onkel kommt mir was nich geheuer vor", sagte ich zu meiner Mutter.

„Wieso?“ meinte sie.

„Na, der Krät säuft doch!“

„Aber geh – das glaub’ ich nich!“

Na was soll ich sagen, der Verlobungstag kommt, alle Gäste sitzen vollzählig an der Tafel, wer nich kommt, is der Bräutigam. Das Essen war all bald vorbei, da kommt er an, torkelt, seine weißen Schmandbixen sind voll Modder, – muß wohl mittem Chausseegraben Bekanntschaft gemacht haben – mit verschwiemeltem Blick geht er auf meine Mutter zu. Die kuckt schon ganz boßig. Als er dann aus der Hosenfupp die Verlobungsringe rausgrabbelt und meiner Mutter den Ring aufstecken will, greift sie sich den Ring und pfeffert ihm den vor die Füße.

Nu war nuscht mit einem neuen Vaterchen für mich. –

Aber diesen abgeblitzten Freier muß das doll geärgert haben, daß meine Mutter ihm den Laufpaß gegeben hat; immerhin war se nich unvermögend, und ein schmuckes Weib war se noch dazu. Dieser Schubiak von Lehrer hat mich von Stund’ an kujeniert und getrietzt auf Deiwel komm raus. Ich war ja nich gerade ein Engel, und eine Leuchte von Schüler war ich auch nich, aber oft krigd ich die Strafe aufgebrummt, wo ein anderer was ausgefressen hatte. Mal mußt’ ich nachsitzen, mal Strafarbeit machen, immer hübsch abwechselnd. Was aber kein Lehrer bemerkt hat: Meine Aufsätze, die wir zu Hause schreiben mußten, waren oftmals nich auf meinem Mist gewachsen, die hatte mir meine Lieblingstante geschrieben. Und manchmal bekam ich darauf sogar eine Eins.

War das Englisch schon schlimm genug für mich und Latein eine einzige Katastrophe, als dann noch Französisch hinzukommen sollte, reichte es mir. Ich machte mein „Discount-Abitur“ und sagte der Penne adjeh.

Das Einjährige hatt’ ich nu, doch das nützte mir wenig,

es gab doch keine Arbeit. Meine Mutter fackelte nich lange. Sie sagte zu mir, und zwar mit sehr energischem Unterton in der Stimme:

„Handwerk hat goldnen Boden, du gehst zum August R., mein Junge!“

„Was soll ich da? Doch nich etwa Bäcker lernen??“

„Ja, mein Junge, du wirst Bäcker lernen.“

Erbarmung – dacht' ich – das kann ja heiter werden, bei dem August! Der sah all so verkniffen aus, Humor hatte er nich für ein Dittchen, und wie ich wußte, war der auch ganz pingelig. Aber was de Mutter sagt mußt ja machen, da hilft nuscht. Also fing ich an, Bäcker zu lernen.

Ich rechnete dem Meister hoch an, daß er mir gestattete, weiterhin Klavierstunden zu nehmen, und auch an einem Tanzkursus durft' ich teilnehmen. Es war ja früher so: Gehörtest du zu den Bürgerlichen, mußtest unbedingt drei Dinge tun: dich auf dem Gymnasium abmarachen, zur Tanzstunde gehen und Klavierspielen lernen. Geigespielen wollt' man mir auch beibringen, aber das ging nich; ich war total unmusikalisch. Dagegen ging Klavierspielen ganz gut, da braucht' ich ja bloß nach Noten im richtigen Moment auf de richtige Taste zu drücken.

Wie gesagt, ich durfte zur Tanzstunde und auch Klavierspielen. Aber sonst war der Meister so ein jähzorniger Hund, wie ich in meinem späteren Leben nie einen kennengelernt hab'. Der hat immer einen Grund gefunden, mich zu verwamsen, ich konnt' machen, was ich wollt'. Mal krigd ich ein' Mutzkopp – das war noch die mildeste Art – mal ein' Starnicksel oder einen Rabbacks inne Rippen, daß mir foorts die Luft wegblieb. Hatt' ich den Backofen nich gut genug sauber gemacht, – riez, hatt' ich all eine gewischt gekricht. Oder wenn ich die Mehlsäcke nich richtig ausgeschlackert hatte – da konntst ja so viel schlakkern wie du wolltst, da kam immer noch Mehlstaub raus –

tachtelte der Gnatzkopp mir schon wieder eins und haute mir den Mehlsack um die Ohren. Einmal hatt' ich vergessen, das Papier, in dem die großen Hefeklumpen eingewickelt waren, über den Hof in den Laden zu bringen. Das Papier wurde zum Einwickeln für den Verkauf von Hefe für die Kunden benutzt. Der Meister sieht das Papier in der Backstube liegen, packt mich beim Krepschull, schüttelt mich durch und sagt dabei:

„Du wirst jetzt dreißigmal über den Hof zum Laden laufen. Zehnmal schreist du dabei ‚bis jetzt war ich zu faul dazu', zehnmal ‚etwas Lust hab' ich schon', und zehnmal schreist du ‚ich werd' nich mehr faul sein'."

Und ich rannte! Wie ein wildgewordener Flederwisch rannte ich und schrie meine Sprüche über den Hof.

Meine Mutter kuckte oben aus dem Fenster – wir hatten überm Hof unsere Wohnung –, sah mich rennen und hörte mich schreien, die dacht' ich sei übergeschnappt.

„Jung' – was is los mit dir – was schreist so? Is was passiert? Komm' sofort nach oben, hörst du?"

„Ich hab' noch zu tun", schrie ich zurück.

Abends dann wollt' meine Mutter wissen, was mit mir los war, und ich erzählte ihr von dem, meine Beweglichkeit fördernden und Lungen kräftigenden Auftrag des Meisters. Daß ich oft Dresche kriege, hab' ich ihr nich gesagt.

Mutter war empört.

„Du hörst sofort auf", sagte sie energisch.

Diesmal aber gehorchte ich ihr nich, ich wollt' meine Lehre nich abbrechen. „Lehrjahre sind keine Herrenjahre", sagte ich mir und ließ mich weiter vertobaken.

Ein Glück für mich, daß der Meister in der nächsten Zeit nich mehr so viel Gelegenheit dazu hatte, er schickte mich nämlich mit Brötchen und Schnecken über die Dörfer.

Nach Perwilken, Kukehmen – und wie die Nester alle hießen.

„Da kommt der Hutzelmann", schrien schon von weitem die Kinder. Das fand ich auch ganz lustig. Weniger lustig fand ich, wenn ich morgens im Zug meine ehemaligen Klassenkameraden traf, die alle nach Königsberg zum Gymnasium fuhren. Sie hatten ihre Aktentaschen unter dem Arm, ich hatte meine Kiepe auf dem Puckel und an jedem Arm noch ein' Henkelkorb.

Aber half nu nuscht, ich konnt' mich schämen so viel ich wollt', ich mußte meine Hutzeln verkaufen. Die Zeiten waren schlecht, Geld war bei den Bauern knapp, Hutzeln wollten se aber haben und boten mir Eier als Bezahlung an. Da mußte ich natürlich erst den Meister fragen, ob ich die annehmen darf und wieviel ich für ein Ei geben kann.

„Na, drei Pfennig kannst für ein Ei geben", meinte er. Ich aber dacht' für mich, daß da noch ein Geschäft für mich drin ist, und ich bot den Bauern bloß zweieinhalb Pfennig an. Das summierte sich, bei dreißig Eier hatt' ich immerhin fünfzehn Pfennig für mich. Ja, so entwickelte ich mich zum Handelskaufmann. –

Aber sonst – ich muß schon sagen – die Lehrzeit war kein Zuckerlecken. Um zwölf Uhr nachts mußten zwei Jungens von uns das Hefestück für Brot und Brötchen ansetzen, gingen nochmal schlafen, und um vier Uhr war die Nacht um, wir mußten raus aus de Posen, dann ging los mit Backen.

Das Hoffegen und im Winter das Schneeschaufeln gehörte auch zu unseren Aufgaben. War ja manchmal viel Schnee bei uns und aasig kalt war es auch. Temperaturen von zwanzig Grad waren keine Seltenheit. Zum Schneefegen zog ich immer meinen Gehpelz an, den mir meine Mutter beim Schneider hatte anfertigen lassen. Zur gleichen Zeit wie ich fegte manchmal ein alter Mann auf der anderen

Straßenseite Schnee, und der muß mächtig gefroren haben. Er hatte bloß eine dünne Jacke an, und in Abständen schlug er immer die Arme über Kreuz, so wie man das üblicherweise macht, um sich warmzumachen. Wie ich wußte, erhielt der Mann nur eine kleine Rente und besaß wahrscheinlich kein warmes Winterzeug. Ich gab ihm meinen Gehpelz. Das freudige Gesicht von ihm seh' ich noch heute vor mir. Ich war direkt e bißche stolz auf meine gute Tat. Bloß meine Mutter wunderte sich hinterher immer wieder, daß ich den Gehpelz nich trug, obwohl es sehr kalt war. Hundert Ausreden erfand ich, aber die Wahrheit sagte ich ihr nich.

Eines Tages dann sah sie den alten Mann auf der Straße in meinem Gehpelz, und ganz aufgebracht kam se inne Backstube und empörte sich:

„Stell dir bloß mal vor, der alte Beduhn hat deinen Gehpelz an! Also das hätt' ich dem alten Mann nu wirklich nich zugetraut, daß der klaut!"

Da blieb mir nuscht übrig, ich mußt' Farbe bekennen, und ich sagte ihr, daß ich dem Beduhn meinen Pelz geschenkt hab', weil er doch so gefroren hat.

Meine Mutter war zuerst sprachlos – und das kam bei ihr nich oft vor – und dann sagte se kopfschüttelnd: „Du machst aber auch Sachen, Jung! Na, dann wollen wir dem armen Kerl den Pelz lassen." Se tätschelte mir mit der Hand übern Kopp, nickte mir lächelnd zu, und ich hatt' so das Gefühl, daß se bißchen stolz auf mich war.

Das frühe Aufstehen fiel mir besonders schwer, wenn ich am Abend vorher zur Tanzstunde gewesen war. Ich mußt ja immer erst meine Tanzpartnerin nach Hause bringen, und bißchen wurd' noch rumgekalbert, so kam ich meist gegen Mitternacht nach Hause, und ich konnt' dann gleich das Hefestück ansetzen.

Als Tanzschüler war ich eine einzige Katastrophe. Steif

wie ein Sägebock schob ich meine Dame vor mir her, und ich kapierte nich die einfachsten Tanzschritte. Da wußte der Vater meiner Tanzpartnerin Abhilfe zu schaffen. Er war Bahnbeamter – aber er sprach noch mit jedem –, und ihn muß es wohl gewurmt haben, daß ausgerechnet der Partner seiner einzigen Tochter sich so damlich anstellte. Er nahm ein Blatt Papier zur Hand und zeichnete mir die Schritte für die verschiedenen Tänze auf, da kapierte ich es.

Von der Tanzschule sollte ein Preistanzen veranstaltet werden, war doch klar wie dicke Tint', daß ich da mit meiner Partnerin mitmachen wollte. Aber kurz vor dem großen Ereignis verkabbelte ich mich mit der Anni – so hieß meine Partnerin – und sie sagte, ich soll doch tanzen mit wem ich will, sie tanzt nich mit mir. Ich dacht' natürlich gar nich daran, se zu überreden, doch mit mir zu tanzen, ich hatt' auch meinen Stolz, und als der große Abend kam, holte ich mir eine andere Partnerin. Sie war zwar etwas hüftlahm, aber se schwebte mit mir wie eine Feder übers Parkett. Und was soll ich sagen? Wir erhielten den ersten Preis! Der bestand aus einer Flasche Sekt. Ich schnappte mir die Flache und peeste los zu meiner Mutter. Mit ihr wollte ich den ersten Sekt meines Lebens trinken. Stolz präsentiert' ich Mutter die Flasche.

„Was is das?", fragte se.

„Das is Sekt, Mutter. Sekt is das! Den hab' ich beim Preistanz gewonnen, und die Flasche tutschen wir beide jetzt ganz allein aus."

„Erbarmung, Jung! Noch nie im Leben hab' ich Sekt getrunken, ich weiß gar nich, ob mir das Zeug schmecken wird."

Aber ich sah ihr an, daß se neugierig war, und ich meinte auch zu sehn, daß ihr Blick e bißche gieprig war. Ja, auf die Art machten meine Mutter und ich Bekanntschaft mit dem Labberzeug.

Erster Geschäftserfolg als „Schmeißweg“

Eines schönen Tages hatte meine Mutter – ich weiß nich woher – spitzgekricht, daß der Meister mich oft vertrimmt, und ich mußt' nu Farbe bekennen. Sie verklagte den Meister beim Innungs-Schiedsgericht und bekam Recht. Das konnten wir zuerst gar nich fassen, denn das war damals durchaus eine Seltenheit, daß gegen den Lehrherrn entschieden wurde.

Zweieinhalb Jahre meiner Lehrzeit waren um, aber natürlich konnt' ich doch jetzt nich länger auf dieser Lehrstelle bleiben. Für das restliche halbe Jahr suchte ich mir eine andere, und die war bei dem Bäckerobermeister N., auch in Zinten. Mein neuer Meister war so dick, daß er kaum durch die Tür kam. Wenn er sich im Krug mal so richtig de Schlorren vollgeschöpft hatte, und das kam öfter vor, kam er gerade bis zur Tür von der Backstube, und denn war aus; wie ein Mehlsack fiel er um und blieb liegen. Wir drei Bäckerjungens wurrachten und wurrachten, aber wir bekamen ihn einfach nich durch de Tür. So mußt' er liegenbleiben bis er wieder einigermaßen klar war und wir ihn auf de Beine stellen konnten.

Aber gutmütig war dieser Meister, er hatte ein Gemüt wie eine Lachtaube. Nuscht konnt' ihn aus der Ruhe bringen. Is ja bekannt, daß die Dicken die Gemütlichkeit gepachtet haben. Und bei diesem Meister war ich direkt der Spitzenstar unter den Lehrjungens. Er muß wohl auch sehr großes Vertrauen in mich gesetzt haben, denn immer wenn seine Frau den Laden verließ um Besorgungen zu machen, mußte ich sie vertreten und die Kunden bedienen. Eine zweite Verkäuferin gab es nich. Wär' ja alles ganz schön und gut gewesen, und das Vertrauen hat mich ja auch geehrt, wenn nur der Meister sich nich heimlich aus der Ladenkasse bedient hätte! Seine Frau war kaum aus dem Haus, dann hatt' er schon die Hand inne Kasse. Ich wußt' ja nich wieviel er jedesmal rausgenommen hatte, und so war ich vorsichtig, wenn seine Frau nach ihrer Rückkehr fragte, ob viele Kunden dagewesen seien. „I wo", sagt' ich immer, „das Geschäft war ganz ruhig." Ich konnt' den Meister doch nich inne Bredouille bringen. Aber ich nehm' an, die Alte wußt' Bescheid, was ihr Angetrauter hinter ihrem Rücken machte.

Nach einem halben Jahr hatt' ich hier meine Lehre beendet und machte meine Prüfung zum Bäckergesellen. Eine Benotung gab es nich, es hieß nur „bestanden" oder „nicht bestanden", und ich hatt' die Prüfung bestanden.

Ich nannte mich jetzt zwar „Bäckergeselle", aber so einen brauchte keiner der sechs Bäcker hier in Zinten, und mir blieb nuscht anderes übrig, als stempeln zu gehn. Als ich meiner Mutter sagte, daß ich mich als arbeitslos melden werd', um wenigstens paar Dittchen zu kriegen, is die ganz knurrig geworden: „Das kommt überhaupt nich in Frage! Schämst du dich nich, als einziger Sohn eines Bäkkermeisters stempeln zu gehn? Das ist unter unserer Würde, mein Sohn!" Betont vornehm sagte se den letzten Satz und verfiel ins Hochdeutsche.

Aber Würde hin – Würde her, ohne daß meine Mutter es merkte, meldete ich mich arbeitslos und konnt' mir jede Woche sieben Mark Stempelgeld holen.

Nu war ich aber nich der Einzige, der sich Stempelgeld ohne das Wissen seiner Eltern holte; auch zwei Söhne vom Besitzer des Zentralhotels taten das. Wir drei verabredeten uns immer zur gleichen Zeit, um unser Gehalt zu holen. Das Geld wurd' im „Waldschloß" ausgezahlt, der Besitzer des Hotels führte die Stempelkasse. Kamen wir beim Waldschloß an und sahen, daß kommunistische Arbeitslose dort waren, um ihr Geld zu holen, kratzten wir de Kurve, um Stänkereien aus dem Weg zu gehn. In einer Kleinstadt, wie Zinten es war, kannte man sich ja vom Sehen und wußte welches die Plawuchten sind, die zu stänkern anfangen. So gingen wir auf den Berg, huckten uns an den Waldrand und warteten bis die Heinis fort waren. Hatte auch sein Gutes das Warten, dabei lernt' ich Skat spielen.

Etwa nach sechs Wochen spricht mich der Rüdiger auf der Straße an: „Heinz, du kannst doch Klavierspielen. Wir haben nächste Woche eine Versammlung in Heiligenbeil, kannst uns dort vielleicht beim Singen auf dem Klavier begleiten?"

Ich wußt', daß der Rüdiger Sturmführer bei der SA war. „Na ja", meinte ich zögernd, „könnt' ich ja machen, aber ich bin doch gar nich in der Partei."

„Das macht nuscht, die Hauptsach' is, du kannst ‚Die Fahne hoch' spielen."

Das konnt' ich, schlecht und recht, und ich sagte zu. An dem betreffenden Tag marschierten wir alle los nach Heiligenbeil, die Versammlung fand im „Gesellschaftshaus Korn" statt. Der Saal dort war all knackend voll, wo bloß hinkucktest sahst braun. Ich huckte mich ans Klavier, der Rüdiger ging auf de Bühne und schabberte von „neuer Zeit", von „Aufbruch, Deutschland braucht uns" und son Quatsch, und noch bevor ich „Die Fahne hoch" spielen kann, stürmen so zehn bis zwölf Kommunisten aus Zinten in den Saal und fangen an, den Rüdiger mit Tomaten und Eiern zu beschmeißen. Die schmeißen aber zu kurz und treffen mich, den Pianisten.

Und nu war was los! Die Roten werden von den Braunen aus dem Saal gedrängt, manch einer kricht ein' Rabbacks inne Rippen, es wird geschubst und geschoben, ich mittenmang. Als wir alle draußen sind, krieg' ich einen von den Labommels zu fassen. Ich kannte se ja alle.

„Warum hast auf mich geschmissen", schrei' ich ihn an.

„Aber ich wollt' doch den Rüdiger treffen, nich dich!"

„Aber mich hast getroffen! Dir werd' ich zeigen – du halbgarer Gnosz du!"

Der Lattenzaun vom Friedhof sah richtig einladend aus, und ich nich faul und groß und kräftig wie ich war, brech' eine Latte ab, die anderen machen mir nach, und eine herrliche Schlacht begann. Die Nazis und die Kommunisten, und auch einige Sozis waren dabei, walkten aufeinander ein, daß man bloß so de Flicker flogen.

Das Ende vom Lied war, daß ich als Rädelsführer angeklagt wurde. Ausgerechnet ich – wo ich doch so ein friedliebender Mensch bin! Ich dacht mir: Flucht is die einzige Rettung, und ich haute ab nach Benkheim, im Kreis Angerburg gelegen. Dort hatte mein Onkel, Vaters Bruder, ein Café.

Nachdem ich paar Tage da war, fragte mich mein Onkel: „Jung', hast deine Noten mit?"

„Ja", sagte ich, „wozu brauchst die?"

„Ich brauch' se nich", lachte er, „aber du wirst se brauchen. Du kannst inne Kapelle mitspielen, die nachmittags bei mir im Café spielt. Die Jungs brauchen noch ein' Klavierspieler."

Mein Cousin, der beim Pertschlies Konditor lernte, spielte Cello, ein anderer Geige, nu kam ich noch hinzu und haute inne Tasten. Ich allein spielte nach Noten, die beiden anderen spielten „aus dem Hut" und mußten sich nach mir richten. „Heinzelmännchens Wachtparade" und „Der Einzug der Gladiatoren" klappte am besten. So unterhielten wir drei schlecht und recht Onkelchens Caféhaus-Gäste.

Mein Onkel verkaufte außer dem üblichen Gebäck auch Bonbon, die lieferte ihm der Waszulewski aus Goldap. Er stellte sie selbst her. Das Bonbonkochen interessierte mich, und ich fragte meinen Onkel:

„Ich würd' so gern noch was dazulernen. Kann ich nich beim Waszulewski Bonbonkochen lernen?"

„Sicher kannst das, Jungchen", meinte mein Onkelchen, „wenn du Lust dazu hast, warum nich – ich werd' den Waszulewski fragen."

Der Waszulewski war damit einverstanden, und so fing ich bei ihm in Goldap als Volontär an. Bald hatt' ich mitgekriegt wie das Schmengerzeug gemacht wird; war ja auch ganz einfach: Der Zucker wurd' mit Wasser aufgekocht bis die Masse Fäden zog, Geschmackskonzentrat und Farbstoff wurden zugegeben, dann die Masse in den Trichter einer Maschine gefüllt, wo eine Walze sie weiter beförderte und durch eine Form preßte. Und vorne kullerten die fertigen Bonbonchens raus. Wie gesagt, war ganz einfach.

Das alles geschah durch elektrischen Antrieb, aber hinten in einer Ecke entdeckte ich noch eine alte Maschine vom früheren Handbetrieb. Die war all bißchen verrostet, doch ich dacht' mir, was der Waszulewski elektrisch zustande bringt, kann ich auch mit Handbetrieb herstellen. Als dann nach drei Monaten meine Volontärzeit um war, fragte ich den Meister, ob ich die alte Maschine haben kann.

„Ja, die können Sie haben", nickte er, „ich brauch' se nich mehr, bei mir liegt se bloß rum."

Also ich mir das alte Ding untern Arm geklemmt, so fahr ich zurück zu meinem Onkel und präsentier ihm stolz meine Errungenschaft.

„Erbarmung Jung' – was willst mit dem Dreck?"

Ich schmiß mich inne Brust. „Ich werd' jetzt für dich Bonbon kochen, Onkel. Brauchst keine mehr vom Waszulewski kaufen. Ich weiß ja jetzt wie das geht, das is ganz einfach, sag' ich dir."

„Na du kommst vielleicht auf Ideen“, sagte mein Onkelchen und schlackerte mittem Kopp.

Und ich kochte Bonbons. Gleich vom halben Zentner Zukker. Aber das hätt’ ich lieber nich tun sollen, das wurd’ nuscht mit Bonbons. Die Masse war mir zu fest geworden, und ich konnt’ se nich inne Maschine einfüllen. Der halbe Zentner Zucker war futsch. Ich traute mich gar nich das meinem Onkel zu sagen, womöglich hätt’ der einen Schlaganfall bekommen. So packte ich den ganzen Klumpatsch ein, ging zur Goldap, die gleich nebenan floß, und schüttete alles ins Wasser. Viele Enten schwammen da, die werden sich vielleicht über das süße Wasser gefreut haben. Oder auch nich.

Ich gab aber so schnell nich auf. „Kommst übern Hund, kommst auch übern Zagel“, sagt’ ich mir, und ich probierte es noch einmal. Diesmal klappte es. Und wie! Das ging, als wenn der Deiwel Dreck haspelt. Die Himbeerbonbons kullerten man so aus der alten Maschine, und mein Onkelchen, der dazukam, strahlte immer mehr.

„Aber sag’ mir, was willst bloß mit den vielen Bonbons, Jungchen“, wunderte er sich.

„Na, demnächst is doch hier Pferdemarkt, da werd’ ich die alle verkaufen“, beruhigte ich ihn.

„Aber Erbarmung – doch nich so viel, du hast ja bald ein’ Zentner von dem Scheiß“, sagte er entsetzt.

Mir kam eine Idee. „Onkel hast vielleicht ein’ Zylinder?“ fragte ich ihn.

„Ja, hab’ ich. Wieso? Is einer gestorben, mußt zum Begräbnis?“

„Nei“, lachte ich. „Paß auf, Onkel: Deine Töchter kommen mit aufen Markt, drehn Tütchen, packen die Bonbons rein, zuerst mehr, und wenn de Leute kaufen, immer bißche weniger. Viel Luft und wenig Bonbons. Und ich setz' mir den Zylinder auf und mach' den Schmeißweg."

Na was soll ich sagen, der Markttag kommt, der Sack mit den Bonbons steht bereit, meine Cousinen auch, und es geht los.

„Hier is der süße Heinz mit seinen berühmten Himbeerbonbons", schrei ich. „Eine Tüte kostet nur ein Dittchen! Bloß ein Dittchen – kauft ihr Leute – kauft die einmaligen Himbeerbonbons!"

Und die Leute kauften! Se kauften, als wenn morgen Bonbon verboten werden. Der Sack Himbeerbonbon – schwupp – im Nu war er weg. Meine Cousinen kamen kaum nach mit Tütendrehn.

Das war mein zweiter Erfolg als Geschäftsmann.

Mit 75 Mark in der Fupp zum Unternehmer

Immer war ich mir noch nich sicher, ob die Polizei nich doch meinen Aufenthalt rausbekommen hat und mich womöglich verhaften kommt. Da les' ich doch eines Tages in der Bäcker- und Konditorzeitung, daß im Spreewald ein Café einen „Backteriologen" – so sagten wir immer zum Bäcker – sucht, der auch Klavierspielen kann. Ich schrieb hin, legte ein Bild von unserer Riesenkapelle bei, kennzeichnete mich mit Pfeil, und schon nach kurzer Zeit erhielt ich den Bescheid, daß ich die Stelle antreten kann. Burg hieß das Nest im Spreewald, wo sich das Café befand.

Also setzte ich mich in die Bahn und machte mich auf den Weg nach Burg; beinah' eine Weltreise war das damals, 1932, von Ostpreußen aus mit mehrmaligem Umsteigen. In Lübben angekommen, mußt' ich in eine Kleinbahn umsteigen, son kleines Ding hatt' ich in meinem Leben noch nich gesehn. Diese Spreewaldguste hielt an jede Milchkann' an, bis se endlich in Burg war.

In Burg stieg ich aus, mein erster Blick galt den Marjellens, ob se hier vielleicht besonders hübsch waren, aber was ich da sah, erschreckte mich direkt. Das kann doch nich wahr sein, dacht' ich. Die rannten alle mit so komischen Hauben aufem Kopp rum, vielleicht is hier Zirkus, oder sonst was los? Von den Wenden und den Sorben hatt' ich ja schon mal was gehört, aber ich wußt' doch nich, daß die so aufgeputzt durch de Gegend rennen. Als ich nu eine Marjell in meinem schönsten Ostpreußen-Hochdeutsch nach dem Café Dabow frag' und die ihre Zähne auseinandermacht, um mir zu antworten, versteh' ich bloß Bahnhof. Das heißt, rein gar nuscht verstand ich. Wie ich dann später hörte, war das Sorbisch, was die Leute hier sprachen.

Als ich gleich noch sah, daß eine Kuh, vorm Wagen gespannt, de Straße lang zog, – das war wirklich eine Kuh, kein Ochse, die hatt' doch unten das Gedöhns dran – da dacht' ich: Erbarmung – wo bist da bloß hingeraten! Und ich war auf das Café gespannt, was das wohl für eine Kaburr sein mag.

Dann aber hab' ich gestaunt. Das Café war direkt erstklassig, neu erbaut, gut ausgestattet, und der Inhaber, der nu mein Chef werden sollte, ein ganz reizender Mensch. Der empfing mich, als wär' ich ein bedeutender Künstler. Ich beichtete ihm erst mal, daß ich nur nach Noten spielen kann, aber das interessierte ihn gar nich. „Das machen Sie man mit meinem Sohn ab", sagte er. Sein Sohn spielte Geige, und mit ihm gemeinsam sollte ich drei- bis viermal in der Woche für die Cafégäste Musik machen. Der Sohn wiederum kannte keine Noten, er spielte alles auswendig, aber prima. Jedenfalls machten wir dann beide ganz schmissige Musik.

Ansonsten wurd' ich behandelt wie ein Konditor, obwohl ich bloß Bäckergeselle war. Ich mußte sogar Baumkuchen herstellen, den kannt' ich bislang nur von Fotos. Und ich brauchte auch nich, wie die anderen Bäckerjungens, um vier Uhr aufstehn, erst um sieben, manchmal auch erst um acht, kroch ich aus de Posen. Sogar ein Einzelzimmer hatte ich – herrlich! Und wenn wir nich Musik machten, durfte ich sogar die Gäste bedienen; so lernte ich auch das noch. Konnt' ja nuscht schaden, war vielleicht was für Notzeiten.

Mit seinem Sohn verstand sich der Alte überhaupt nich, aber der war manchmal auch ein richtiger Plawucht. Zum Beispiel hatte er einmal in seinem Zimmer eine elektrische Leitung von der Steckdose zur Türklinke gezogen, und als sein Vater am anderen Morgen die Tür aufmachen wollte, um ihn zu wecken, da krichte er kräftig einen geplättet. Wie konnte ein Verhältnis zwischen Vater und Sohn so ausarten, das hab' ich überhaupt nich verstanden. Was hätte bei diesem Schabernack – d. h. das war schon kein Schabernack mehr – passieren können – schrecklich!

Jedenfalls hatte ich mich prima eingelebt dort – als Künstler und Konditor. Leider ging das bloß bis September, die Saison war zu Ende. Der Spreewald zog im Sommer ja viele Gäste an, und das Café war immer gut besucht gewesen. Ein Stückchen Kuchen und ein Schlubberchen Kaffee braucht der Mensch ja auch zur Erholung.

Da sagte nu eines Tages der Meister zu mir – er sagte sogar „Herr“ zu mir –: „Herr Thews, wir haben nun nichts mehr zu tun für Sie ...“

„Is ja nich schlimm“, sagte ich, „spielt keine Rolle. Bis ich was Neues gefunden habe, werde ich mit dem Fahrrad zu den Bauern aufs Land fahren und Ihre Brötchen verkaufen, das heißt, wenn Sie einverstanden sind.“

Dem Meister war das recht, ich kaufte mir ein Fahrrad und zog mit Brötchen und Schnecken über Land.

Nach paar Tagen sah ich in Schmogrow, einem Nachbardorf von Burg, einen Bäckerladen. Ich überlegte nich lang', ich ging in den Laden und fragte, ob nich ein Bäckergeselle gebraucht wird. Zufällig war der Meister selbst anwesend, und wie ich später erfahren hab', war er Mühlenbesitzer und betrieb den Bäckerladen nur nebenbei.

„Nee“, antwortete der Meister auf meine Frage „einen Gesellen brauche ich nicht, aber ich kann Ihnen die Bäckerei verpachten.“

Ich befürchtete, daß er nach meinem Alter fragt, schließlich war ich erst neunzehn. Er fragte nich danach, sondern sprach weiter:

„Sie können sich die Backstube ansehen, kommen Sie mit.“

Ich sah mir die Backstube an. Ein alter Backofen stand da, noch von Anno Kruck, mit Holz zu beheizen. Von so einem alten Ungetüm hatt' ich nu überhaupt keine Ahnung, schon in Zinten hatten wir Elektro-Backöfen gehabt. Ebenso hatte die Mehlbeute, in der das Brot angeteigt und geknetet wird, keinen elektrischen Antrieb, das Brot mußte mit der Hand geknetet werden. „Paddeln" sagten wir Bäkker dazu.

Da hieß es für mich, sich schnell zu entscheiden. Ob aber der Meister so einem jungschen Lorbas wie mir das Ding überhaupt verpachten würde? Ich fragte nach dem Preis.

„Kostet nichts", sagte er zu meinem Erstaunen.

„Na was muß ich denn an Miete zahlen?"

„Fangen Sie erst mal an, junger Mann, und wenn der Laden läuft und Sie entschlossen sind, ihn zu behalten, dann können Sie mir dafür dreißig Mark im Monat zahlen."

Optimistisch wie ich nu mal bin, überlegte ich nich lang', hier bot sich für mich eine Chance zu beweisen, daß man „aus Dreck doch Zwerge backen" kann, und ich nahm das Angebot an.

Und so fing ich an: Ganz unvermögend war ich nich, immerhin hatt' ich siebzig Mark gespart. Erst mal kauft' ich fünf Zentner Roggenmehl, zwanzig Pfund Weizenmehl, Margarine und Zucker, alles beim Lebensmittelhändler Emil Dokter. Das Geld reichte nich ganz, den Rest gab er mir auf Pump. Muß Vertrauen zu mir gehabt haben der gute Mann, ich weiß auch nich warum.

Ich fing an mit Backen, erst Brötchen. Bis ich das Feuer in dem Backofen in Gang gekricht hatt', war ich all aufgeregt wie e Kurrhahn, das wollt' und wollt' nich brennen. Als das denn endlich brannte, muß ich wohl zu viel eingekachelt haben, denn die erste Ladung Brötchen war im Nu verbrannt. Mußt' ich wegschmeißen. Der zweite Versuch dann ging schon besser vonstatten, wenigstens konnt' ich die Brötchen noch für Semmelmehl verwenden. Aber dann hatt' ich den Bogen raus, und bald wagte ich mich auch an Brot ran.

Jetzt mußt' ich erst mal Kontakte zu den Bauern knüpfen, denn das Brot und die Brötchen mußten ja auch verkauft werden. Schließlich mußten die Leute doch wissen, daß im Dorf ein aufstrebender junger Mann den alten Bäckerladen übernommen hat. Bißchen sorbisch lernen konnt' nuscht schaden, dacht' ich mir, und weil ich mir bei der holden Weiblichkeit besondere Chancen ausrechnete, lernte ich erst mal den Satz: „Anka, tyska mea Lubka, kupano Gusky." Das hieß „Liebes Mädchen, kauf Brötchen".

Ich hatte den Ehrgeiz, daß mein gebackenes Brot und die Brötchen noch am gleichen Tag verkauft sein müssen, und so fuhr ich damit auch per Fahrrad zu den Bauern. Oftmals hatten die Kassäter kein Geld. „Ich 'ab kein Geld, ich 'ab kein Geld", jammerten se. (Die Sorben haben kein „h" in ihrem Sprachgebrauch.) Brot aber wollten alle haben. Gaben se anstelle von Geld paar Eier, war ich auch zufrieden. Dann kam ich zu einem Bauern, der weder Geld noch Eier hatte. „Na, was haben Sie denn?" fragte ich. „Ich 'ab jungen Hund." Da nahm ich den jungen Hund. Und ich hab' das nie bereut, das Tierchen hat mir lange Jahre Freude gemacht. „Leo, der Löwe" hab' ich ihn genannt. Er hatte einen unwahrscheinlich dicken Kopf. Als ich später mein Motorrad hatte, hörte Leo mich schon von weitem, kam mir entgegengerannt, ich hielt an, er sprang auf den Rücksitz und fuhr dann das letzte Stück mit.

Bald merkte ich, daß mein Geschäft gut läuft, und ich stellte einen Gehilfen ein, hauptsächlich zum Brotkneten. Das ging mir allmählich auf den Wecker. Brotkneten konnt' der Luntrus und Sprüche kloppen, auch dreibastig war er, aber ansonsten damlich wie Bohnenstroh.

Ich war ganz erstaunt wie gut mein Brot schmeckt, und

das wurd' mir auch von meinen Kunden gesagt. Das lag ganz einfach daran, daß es im Holzofen gebacken wurde. Das hatt' ich vorher gar nich gewußt, daß es dann besser schmeckt. Wenn das Heizen auch immer bißchen mehr Zeit kostete, kostete mich das Brennmaterial keinen Pfennig; ich holte mir immer im Handwagen die Schwarten vom Sägewerk.

Eines schönen Tages kam ein Brief von einer Organisation, die sich die „Heimattreuen Ost- und Westpreußen" nannte. Dieser Verein bestand aus den Leuten, die nach dem ersten Weltkrieg aus dem Korridor, der laut Versailler Vertrag jetzt zu Polen gehörte, ausgewiesen worden waren. In dem Brief stand, daß sie gehört hätten, daß ich Ostpreuße sei, und ob ich nicht bei ihnen Mitglied werden will. Ich schrieb zurück, daß ich das gern tun will, aber dafür möchte ich eine Gegenleistung: Ich könnte ostpreußisches Landbrot nach Cottbus schaffen und auf dem Markt verkaufen. Den Mitgliedern müßte bekanntgegeben werden, daß da ein Landsmann ist, der gutes Brot hat und Kundschaft braucht.

Die Leutchen schrieben mir dann zurück, daß ich man das Brot nach Cottbus schaffen soll, die Heimattreuen würden zur Stelle sein.

Wie nu aber das Brot nach Cottbus schaffen? Da hatt' ich wohl bißchen voreilig gehandelt. Immerhin waren es bis Cottbus zwanzig Kilometer. Mit dem Fahrrad die Brote hinzubringen wär' eine ganz schöne Peerzerei, zumal ich mir dann einen Anhänger hinten hätt' anbammeln müssen. Ich hatte aber schon ein ganz gutes Verhältnis zu den Bauern bekommen, und ich wußte, daß se zweimal in der Woche nach Cottbus zum Turgus fahren. Gleich der erste Bauer, den ich fragte, ob er meine Brote zum Markt mitnehmen würde, war einverstanden. „Ich fahre zwar mit Ferkel zum Markt", sagte er, „aber das kriegen wir schon hin."

Und so ging dann die Fuhre ab: Unten lagen die Pochelchen im Verschlag, oben kam Stroh rauf, und darauf lagen meine Brote.

In Cottbus hatt' ich eine Marktbude organisiert und auch einen Verkäufer. Das war ein ehemaliger Saxophonspieler von der Tanzkapelle Bernhard Etté, dem waren die Zähne ausgefallen, und er konnt' nich mehr blasen. Der verkaufte nu mein ostpreußisches Landbrot. Er sprach ja e bißche undeutlich, aber den Preis hatt' ich vorsorglich rangeschrieben, da konnt' eigentlich nuscht schiefgehn.

Na, jedenfalls schlug die ganze Sache gut ein, nich bloß die Ost- und Westpreußen kauften mein Brot, auch die Sorben kauften wie damlich.

Eines schönen Tages kreuzte ein Mann bei mir auf, der mir ein Geschäft vorschlug. Er sagte:

„Ich verkaufe hier auf dem Markt Eier und Butter, da könnte ich auch Ihr Brot verkaufen. Ich hole alles bei Ihnen ab mit dem Lastwagen, Sie brauchen nur genug zu backen."

„Na, wieviel Brote würden Sie denn jedesmal brauchen", fragte ich.

„Fürs erste so hundert bis zweihundert", meinte er, „später könnten es vielleicht mehr werden."

Ich kricht' e Schreck. Erbarmung – das alles mit der Hand paddeln! Aber ich schlug in das Geschäft ein, mir war nämlich blitzschnell eine Idee gekommen. Ich wußt', daß paar Bäckerjungens, mit denen ich in Ostpreußen gelernt hatte, arbeitslos waren. Ich schrieb ihnen und fragte an, ob se Lust hätten, bei mir anzufangen. Zwei von ihnen kamen zu mir nach Schmogrow, nu hatt' ich drei Jungens zum Brotkneten, und die hatten tüchtig zu tun.

Mit der Zeit lernte ich auch die Söhne der Bauern aus der Umgegend kennen. Meistens wurden se von ihrem Vater ziemlich kurz gehalten und hatten kein Geld, aber die Labommels wußten sich zu helfen: Se klauten Roggen oder Weizen vom Alten. War dann Schrumm – also Tanz – im Ort, v'leicht hatten se sich e bißche Mut angetrunken, klopften se nachts bei mir ans Fenster:

„Bäcker, mach' auf."

„Was wollt ihr?"

„Wir haben was für dich."

„Was habt ihr denn?"

„Roggen."

„Wieviel?"

„Zwei Zentner."

„Was wollt ihr dafür haben?

„Na, mindestens zehn Mark."

„Seid ihr mittem Dämelsack geschlagen?? Könnt doch nich das gute Geld entwerten! Ich geb' euch fünf Mark – und keinen Pfennig mehr. Sonst haut ab!"

Auf diese Weise also kaufte ich des öfteren zwei Zentner Roggen für fünf Mark, ließ das Getreide in der Mühle mahlen, und die Kleie verkloppte ich wieder an die Bauern.

Meine siebzig Mark, die ich mir einst erspart hatte, hatten sich also gut verzinst, meine Existenz-Grundlage konnt' sich durchaus sehen lassen. Damit ich bißche beweglicher wurde, legte ich mir ein Motorrad zu. Eine belgische F. N. Als Chef, der ich ja nu war, mußt ich doch auch was vorstellen. Wenn ich auch man erst zwanzig war.

„Müßtest dich eigentlich zur Meisterprüfung anmelden", dacht ich so für mich. „War alles so gut gelaufen bis jetzt, das bißchen Prüfung schaffst auch noch."

Und ich meldete mich zur Prüfung in Frankfurt an der Oder an. Die Partei befürwortete das sogar; obwohl ich noch gar nich in der Partei war, die glaubten das nur, weil ich doch damals in Zinten die Schlägerei mit den Kommunisten gehabt hatte. Ja, die Partei hatte 1933 schon einen sehr großen Einfluß.

Na, jedenfalls wurd' ich zur Prüfung zugelassen. „Unter erschwerten Bedingungen" hieß es im Anmeldeformular. Das bedeutete, daß sich die Prüfung über zehn Tage hinstreckte. Vorher mußte ich noch einen sogenannten Meisterkurs absolvieren. Nach Abschluß der Prüfung hielt ich dann meinen Meisterbrief in der Hand, und ich erfuhr, daß ich – mit einundzwanzig Jahren – der jüngste Bäckermeister Deutschlands war. Das machte mich, ich muß schon sagen, ein bißchen stolz.

Nicht genug, daß ich Meister wurde, ich wurd' auch noch Lebensretter! Den Lebensrettungsschein hatt' ich schon, ich wollt' ja zur Marine. Ich war sogar schon gemustert, aber durch den Knatsch in Zinten wurd' ich nich genommen, mit der Begründung, daß ich „Anstifter zum Landfriedensbruch" gewesen sei.

Also eines Tages hör' ich doch ein Mordsgeschrei von Kindern, daß in der Spree – die floß dicht an meinem Unternehmen vorbei – einer am Ertrinken is. Ich wollt' gerade das Brot aus dem Ofen nehmen, aber da half nuscht, selbst wenn das Brot verbrannte – Leben zu retten war wichtiger! Und ich peeste los. Ich schmiß de Schlorren, zog mir de Bixen aus und sprang ins Wasser. An der Stelle wo paar Blasen burbelten tauchte ich, krichte den Bengel zu fassen und zog ihn an Land. Ganz steif war der Jung' und ohne Bewußtsein. Ich hab' ihn geknetet wie ein Geistesgestörter, bis er das geschluckte Wasser von sich gab und wieder zu sich kam.

Meine Tat war nu für das Dorf eine Sensation, und ich avancierte in Schmogrow direkt zum Spitzenstar. Der Va-

Meisterbrief

Der Bäckergeselle Heinz Thews

zu Schmogrow i/Spreewald, geboren am 17ten September 1912

zu Szittkehmen, Kr. Goldap Ostpr., hat heute vor der von dem Herrn Regierungs-Präsidenten zu Frankfurt a. Oder errichteten Meisterprüfungskommission für das

Bäcker-Handwerk

die Meisterprüfung bestanden.

Des zur Urkund ist dem nunmehrigen Bäckermeister

Heinz Thews

dieser Meisterbrief ausgefertigt und mit den besten Wünschen für sein ferneres Wohlergehen ausgehändigt worden.

Frankfurt-Oder, den 7ten März 1934.

Die Meisterprüfungskommission

für das Bäcker-Handwerk zu Frankfurt O.

im Bezirke der Handwerkskammer zu Frankfurt a. Oder

Albert [illegible]

Vorsitzender

Die Beisitzer: Otto [illegible] Hermann Klinke

Georg Berndt. Otto [illegible]

Nr. ~~118/34.~~

ter des Jungen wollt' mir partout einen Orden für Lebensrettung verpassen lassen, aber ich winkte ab. „Davon hab' ich nuscht", sagte ich, „Schicken Se mir lieber e bißche Getreide." Der Mann war der größte Bauer in Schmogrow. Und eines Tages kam von ihm eine ganze Wagenladung Weizen an. –

Aufschwung in Byhlegure

In den nächsten Jahren hab' ich mich denn so richtig ausgemausert. Schlag auf Schlag ging das. Zunächst übernahm ich einen Bäckerladen in Byhlegure, fünf Kilometer von Schmogrow entfernt, dem noch ein Lebensmittel- und Feinkostgeschäft angeschlossen war. Mein Vorgänger war ständig besoffen gewesen und hatte damit die Kunden vergrault. Ich krempelte de Ärmel auf, und bald lief der Laden wie geschmiert.

Ich merkte, daß in dem Dorf eine Tankstelle fehlte, – ich ließ eine bauen. Eine Kohlenhandlung war auch nich am Ort, – ich machte eine auf. Von einer Autovermietung versprach ich mir ein gutes Geschäft, – ich kaufte zwei Autos und vermietete diese nach Bedarf. Schließlich wurd' ich noch Automatenaufsteller. Das kam so: Von Berlin kam des öfteren ein gewisser Herr Danzer mit der Bahn angefahren, und ich mußte ihn mit meinem Mietauto zu seinen sechzig, in der Umgebung aufgestellten, Automaten fahren, damit er abkassieren konnte. Eines schönen Tages bekommt der Herr Danzer in der Bahn einen Herzinfarkt und stirbt. Seine Schwester ruft mich an und fragt, ob ich nich die Automaten übernehmen will. Ihr Bruder hätte doch immer so von mir geschwärmt, und das wäre bestimmt in dessen Sinn.

„So viel Ged hab' ich nich, daß ich die Dinger kaufen kann", sagte ich ihr.

„Das ist doch kein Problem", meinte sie, „mein Bruder hat alles über Wechsel gemacht, das können Sie doch auch."

Erbarmung – ich wußt' kaum was e Wechsel ist, bißche davon hatt' ich ja bei der Meisterprüfung mitbekommen, aber selbst Geld auf Wechsel aufnehmen? Mir war nich ganz geheuer bei dem Geschäft. Doch dann ließ ich mich überreden. Wo die Automaten standen wußt' ich ja, daß damit e Geschäftche zu machen ist wußt' ich auch, was sollte da schiefgehn.

Und dann lief das Geschäft! Ja, ich kaufte sogar noch etliche Automaten, die eigentlich schon ausrangiert waren, hinzu für zwanzig Mark das Stück, ließ se für fünf Mark bunt anpinseln, und stellte se in den Kantinen der Rekruten und Arbeitsdienstmänner in Lübben auf. So half ich noch indirekt bei der Schießausbildung der Jungens, denn ich hatte außer Eishockey-, Fußball-, Schokoladenautomaten und Lochbillard auch Schießautomaten. Einen Haufen Geld hab' ich damit gemacht.

Ach ja – zum Geschäftsführer vom Fremdenverein im Spreewald wurd' ich auch gewählt, ehrenamtlich; d. h. eigentlich hab' ich den Verein sogar gegründet. War doch nuscht los in dem Kaff, obwohl im Sommer immer so an viertausend Touristen kamen. Für diese Leutchen mußte doch was geboten werden. So ließ ich z. B. Prospekte drucken vom attraktiven Spreewald, organisierte Fahrten mit der Spreewaldbahn von Lübben nach Cottbus, ich sorgte für Übernachtungen, und, zusammen mit dem Bürgermeister stellte ich bei der Kreisverwaltung Lübben einen Antrag, „Byhlegure" in „Geroburg" umzutaufen. Ich hatte gehört, daß hier durch unseren Ort mal in früheren Zeiten der Markgraf Gero durchgeritten sein soll. Die Herren von der Kreisverwaltung waren ganz begeistert von dem Vorschlag, denn „Deutschtum" wurde bereits 1935 ganz groß geschrieben. Und so hieß das sorbische Byhlegure schließlich Geroburg.

Wo gab es sie nich, die „Freiwillige Feuerwehr", natürlich auch in den Spreewaldnestern, und natürlich hatte die auch in jedem Jahr ihren Feuerwehrball. Auf so einem Ball pussierte ich bißchen mit der Freundin des Feuerwehrhauptmanns und lud se zu einer Spazierfahrt mit meinem neu gekauften Opel ein. Se kam auch gern mit, und wir fuhren ein ganzes Stück aus dem Ort raus. Am Waldrand wollt' ich umdrehn, dabei rutscht' ich mit de Hinterräder innen Graben, und wir saßen fest. War für mich natürlich eine gute Gelegenheit, bei der Madam e bißche Grabbelvisite zu machen. Bloß hatt' ich vergessen, de Scheinwerfer auszumachen, die strahlten die ganze Zeit über zum Himmel. Plötzlich: tatü – tata tatü – tata – de Feuerwehr rückt an! Die hatten den Lichtschein von den Scheinwerfern gesehn und dachten der Wald brennt. Der Spaß kostete mich eine Lage für den ganzen Saal, und eintreten in den Verein mußt' ich auch noch. Noch heute lachen die Byhlegurer über die Geschichte.

Überhaupt haben die Sorben gerne gefeiert, keine Gelegenheit dazu ließen die aus; beinah' wie de Ostpreußen. In der Fastnachtszeit war v'leicht was los! Da wurd' gezampert. Die Leute verkleideten sich, gingen mit de Schnapsflasch von Haus zu Haus, schenkten ein und krichten im Gegenzug Eier, Butter, Speck oder andere Naturalien, auch Geld. In der darauffolgenden Woche wurde dann beim „Eierkuchenball" alles verzehrt und versoffen. Und ein verrückter Umzug wurd' veranstaltet! War für mich Ehrensache, daß ich da fleißig mitgemischt hab'. Einmal – aber das war schon nach dem Krieg, und ich war inzwischen bei der Marine gewesen – hatten die Jungens aus Geroburg und Umgebung einen Lkw zu einem Schiff umgebaut und mich zum Kommandanten ernannt. Unten war das Fahrzeug mit Pappe verkleidet worden und mit schönen Meereswellen bemalt, darüber war ein Spreekahn aufmontiert. Vorn am Bug prangte eine Meerjungfrau mit Fischschwanz und wogendem Busen, und ich stand, behängt mit Spiegeln, alten Orden, Puderdosen und anderem Krims-Krams inmitten dieser ganzen Herrlichkeit und verteilte Pfannkuchen. Ja, Pfannkuchen! Die waren aber nich vorher in meinem Laden gebacken worden, nei, meine Bäckerjungens hatten sich als Smutjes verkleidet und backten die Pfannkuchen auf dem Schiff! Da hatten die nämlich eine große Tonne aufgestellt, in der sie Feuer brennen hatten, und darüber hing der Fettopf.

Die alten Sorbenweiber schmissen sich vor Vergnügen auf de Erde. Sowas hatten se noch nich gesehn: Ein Schiff, das im Spreewald über Land fährt, und daß darauf noch Pfannkuchen gebacken werden –! Die Sensation war perfekt!

Leni – eine aparte Marjell

Doch zurück ins Jahr 1936. – Meinen Laden in Geroburg hatte ich inzwischen beinah' zu einem Kaufhaus ausgebaut. Von Holzschlorren über Schmierseife, Petroleum und Negerküsse bis hin zu Andenken, die mit der Aufschrift „Andenken an den Spreewald“ eine Mark mehr kosteten, gab es alles in Thews Laden. Eine kleine Drogerieabteilung hatte ich auch, und im Sommer verkaufte ich auch Zeitungen und Zeitschriften.

1937, ich war jetzt 25 Jahre alt, ging endlich mein Wunsch in Erfüllung: Ich wurd' aufgrund meiner nochmaligen Freiwilligen-Meldung zur Kriegsmarine eingezogen. Ich mußte mich in Eckernförde melden. Zuerst war ich für meinen Dompteur, den Maat, ein rotes Tuch. Selbständiger Unternehmer, der ich war, und der dazu noch mit eigenem Auto vorgefahren kam – das hatte er gern! Gott sei Dank braucht' ich beim erstenmal bloß acht Wochen zu absolvieren und war dann Reservist.

Zwischendurch mußte ich mal im Spreewald nach dem Rechten sehn, und ich bat den Kapitänleutnant um Urlaub, den er mir genehmigte. Auf der Fahrt nach Geroburg machte ich Station in Berlin. Durch meine Spielautomatenaktion hatte ich eine Barfrau kennengelernt, sie wohnte in Berlin, und ich besuchte sie. War ein rassiges Weib. Tolle Figur, schwarze Haare, geschminkt und rote Fingernägel, genau das Gegenteil von dem damals propagierten Schönheitsideal der „Deutschen Frau“. Aber se war katholisch. Als ich meiner Mutter begeistert von ihr erzählt und gesagt hatte, daß ich mich mit ihr verloben will, schrie se auf: „Komm' mir nich mit einer Katholischen ins Haus – zweierlei in einem Bett is nuscht!“

Ich hatt' ja in den vergangenen Jahren immer wieder versucht, mit Ursel, mit der ich damals in Zinten den ersten

Preis beim Tanzen gewonnen hatte, in Kontakt zu kommen, aber immer wieder schrieb sie zurück, daß ihre Eltern die Verbindung mit mir nicht wünschen. Konnt' ich gar nich verstehn, wo ich doch selbständiger Geschäftsmann geworden war, mit eigenem Auto usw., und einmal war ich kurz entschlossen zu ihr nach Zinten gefahren. Ich hatte sie mit ihren Eltern nach Königsberg ins Kabarett eingeladen, anschließend zum Essen, ich zeigte mich von meiner charmantesten Seite, nuscht half. Ich konnt' ihre Eltern nich umstimmen. Wir beide aber liebten uns. Was taten wir? Wir fuhren nach Königsberg, mieteten uns für eine Nacht im christlichen Hospiz ein und beschlossen: Wir machen Schluß. Ich hatt' eine Pistole mit, zuerst wollt' ich sie erschießen, dann mich. Ursel war einverstanden. „Is in Ordnung", sagte sie, „erst ich, dann du." Ich halt' ihr das Ding an die Schläfe, drück' ab – nuscht passiert. Die Pistole geht nich los. „Lieber Himmel", dacht' ich, „nich mal das funktioniert. Das is denn wohl Schicksal." Aber das war eine tragische Sache damals. –

Als meine acht Wochen bei der Marine um waren, übernahm ich wieder meine Geschäfte im Spreewald. Der 1. Mai kam. Auch dieser Tag wurde im Spreewald ganz groß gefeiert. Die Gastronomie, also Restaurants, Hotels und Caféhäuser machten die Maifeier für ihre Angestellten, die ja am 1. Mai immer voll eingespannt waren, paar Tage später. Ein Restaurant oder Hotel richtete dann für die ganze Umgegend die Feier aus.

Am 3. Mai 1937, es war ein Sonntag, rief mich ein Kumpel an, ich müsse den Hotel- und Seebesitzer des Byhlegurer Sees nach Lübben zur Maifeier der Gastronomie bringen. „Mußt aber gleich losfahren", sagte er.

Also zog ich mich gar nich erst um, in „Nie-wieder-Krieg-Hosen" mit eiserner Bügelfalte fuhr ich mit dem Seebesitzer zur Maifeier, die in einem ganz piekfeinen Laden stattfand, und ich wurde aufgefordert, mitzufeiern. „Aber so wie ich angezogen bin, kann ich da doch nich mit reinkommen", spirrte ich mich dagegen. Half nuscht, ich mußte mit rein.

Und wen treff' ich da? Eine Freundin von mir, Deutsch-Amerikanerin, huckt da. Ich hatt' den Vogel schon vor längerer Zeit kennengelernt. Stinkreich war se, fuhr all damals einen Cadillac. Ihre Eltern hatten in Amerika eine Fleischfabrik. Und ich steh' nu vor ihr in meinem feudalen Aufzug und weiß gar nich, was ich sagen soll – Erbarmung! Neben ihr huckt noch eine schmucke Marjell. „Die is auch nich übel", denk' ich. Schüchtern war ich ja noch nie, und ich forder' diese Marjell zum Tanzen auf. Dann hab' ich aber eine große Damlichkeit begangen: Als ich mitkrichte, daß se von der Woaterkant is – se hatte so feine Aussprache – sagte ich, daß ich bei der Marine bin. Ich wollt' se damit imponieren, aber nei, se schreit auf: „Hilfe – ausgerechnet bei der Marine!" Ich beruhigte se, ich sei doch bloß Reservist, sonst bin ich selbständiger Bäckermeister.

Na, jedenfalls hatte die Gute, wohl gerade, weil se von der Nordseeküste war, nuscht mit Jungens von der Marine im Sinn. Wie se mir dann erzählte, war sie hier in Lübben in einem Hotel als Haustochter und nahm an einem Hotel-Fachkochkursus teil.

Am anderen Tag erzählte ich meinem Werkmeister, daß ich wieder so eine aparte Marjell kennengelernt hab' und ich mich nich entscheiden kann, ob ich sie oder die reiche Amerikanerin beglücken soll.

„Na, wie sieht denn die neue aus?" wollt' er wissen.

„Gut sieht se aus! Und se hat so feine Aussprache."

„Am besten ist du knobelst, wen du von den beiden nimmst", grinste mein Werkmeister.

Ich nahm ein Dittchen aus de Fupp, sagte: „Krone is die

mit dem Cadillac, Zahl is die von der Nordsee." Es kam die Zahl, und die wurd' noch im gleichen Jahr meine Frau.

Aber bis es so weit war, gab es noch viel zu tun für mich. Ich wußt', leicht würd' ich es nich haben, se so weit zu kriegen. Und das wurd' auch wirklich ein Stück harte Arbeit für mich.

Hartnäckig, wie ich sein kann, wenn ich mir was in den Kopp gesetzt hab', besuchte ich se von nun an öfter, jeden Tag rief ich an, ich war – wie se mir später sagte – eine wahre Landplage für sie gewesen. Gleich bei meinem ersten Besuch bei ihr im Hotel hab' ich wieder eine Damlichkeit begangen: Ich fragte, ob ich das Fräulein aus der Küche sprechen kann. Ich wußt' doch noch nich, wie se heißt. Hat se mir ganz schön übel genommen, daß ich se für ein Küchenmädchen hielt, aber wenigstens erfuhr ich jetzt, daß se „Leni" heißt. Und Geschenke schleppt ich ihr an! Manchmal wollt' se mich nich sehn, dann gab ich das Geschenk beim Ober ab.

Manchmal gingen wir ins Kino oder fuhren nach Cottbus ins Theater, und des öfteren gingen wir auch tanzen. Einmal erwähnte ich so ganz beiläufig, daß ich noch bis zum 30. September heiraten will, weil die Steuer für mich Junggesellen so hoch is und dachte, daß sie das doch weiß, daß sie die Auserwählte is. Aber die Marjell war ahnungslos! Als ich ihr von meiner tüchtigen Haushälterin vorschwärmte, fragte sie: „Wollen Sie sie heiraten?" „Nei", antwortete ich ihr, „die is doch katholisch, und da hat meine Mutter was dagegen."

Eines schönen Tages kreuzte meine Mutter aus Ostpreußen bei mir zum Besuch auf. Gleich erzählte ich ihr von meiner neuen Flamme und daß es diesmal ganz bestimmt die Richtige is. „Die heirat' ich – und keine andere", sagt' ich. „Na, is auch Zeit, mein Jung', in dein Geschäft gehört endlich eine Frau. Werd' ich sie kennenlernen?" fragte meine Mutter.

Der „alte Ostpreuße“ Heinz Thews mit seiner Frau Leni (1989)

Zweites Geschäft in Geroburg: Feinbäckerei und Lebensmittel

„Das kannst du bereits heute Abend, ich werd' Leni zum Tanzen nach Cottbus einladen, da kannst mitkommen."

Ich rief Leni an, und se war einverstanden mit meinem Vorschlag. Ich hatt' ihr aber nuscht davon gesagt, daß meine Mutter mitkommt. Als wir Leni dann abends abholten und sie meine Mutter im Auto sitzen sah, kuckte sie ganz gluupsch. Meine Mutter, die zwanzig Jahre älter als ich war, sah noch sehr jung aus, war auch ein hübsches Weib, und Leni dachte, daß sie meine Braut sei. Als ich sie dann als meine Mutter vorstellte, machte sie gleich ein freundlicheres Gesicht. Und ich freute mich im stillen, daß Leni anscheinend eifersüchtig war.

So ging der Sommer vorüber, immer noch sagten wir beide „Sie" zueinander. Leni war wirklich wie der „kühle Norden", und se zierte sich wie e Kosz am Strick. Aber ich hatt' so meine Gedanken: Das sind ja auch Gegensätze, die sich anziehn; sie verkörpert die rauhe Nordsee, ich die liebliche Ostsee.

Mein Geburtstag kam im September, und ich wußt', wenn ich heiraten will, muß nun endlich was geschehn. Ich sagte zu meinem Werkmeister: „Heute fahr' ich mit Leni nach Cottbus und werd' Verlobungsringe kaufen. Noch heute verlob' ich mich mit ihr."

„Hast sie denn endlich gefragt? Ist sie einverstanden damit?"

„Nei, die Madam weiß noch von nuscht, aber das kriegen wir schon hin."

Also wir fuhren nach Cottbus, gingen in den Juwelierladen, und ich ließ mir zwei Ringe geben.

„Können Sie den mal aufprobieren", fragte ich Leni.

Sie setzte einen Ring auf, er paßte. Wie sie mir später erzählte, war ihr überhaupt nicht in den Sinn gekommen, daß der Ring für sie gedacht war. „So gut hast du mir damals gar nicht gefallen", hatte se gesagt.

Ich weiß auch nich warum, aber am gleichen Tag hatt' ich mich dann doch nich getraut zu fragen, ob se meine Frau werden will. Erst am nächsten Tag lud ich se zu meiner Geburtstagsnachfeier ein, meine Mutter und mein Werkmeister waren auch anwesend, und jetzt faßte ich mir ein Herz und auch ihre Hand und streifte den Verlobungsring über. Meine Braut war ganz schön verdattert, aber se ließ sich von mir küssen, und ich wußt', daß se einverstanden mit der Verlobung war. Jetzt erst sagten wir „Du" zueinander.

Ein paar Tage später fuhren wir nach Holstein zu Lenis Eltern, dort sollte die offizielle Verlobungsfeier sein. Leni hatte mir schon erzählt, daß ihre Eltern ein großes Haus haben, daß ihr Vater einen Malerbetrieb hat und Gewerbelehrer war. Von mir wußten ihre Eltern bloß, daß ich selbständiger Bäckermeister war, wie se sich ansonsten den Bräutigam ihrer Tochter vorstellten, wußt' ich nich.

Die Verlobungsfeier kam – Erbarmung! Marjellens mit weißen Schürzchens und Häubchens bedienten die in Gala geschmissenen Gäste, überall Kerzen, Porzellan vom Feinsten, Tischreden wurden gehalten. Leni stieß mich an: „Du mußt auch eine Tischrede halten." Das hatt' mir gerade noch gefehlt! Aber die ging denn besser, als ich gedacht hatt'. Ich glaub', im großen und ganzen hab' ich einen guten Eindruck hinterlassen. Bloß zu meiner Braut hab' ich hinterher gesagt: „Zur Verlobungsfeier hast mich ja hierher gekricht, aber zur Hochzeitsfeier – nei!"

Von Holstein zurückgekommen führte ich meine Leni erst mal in meine Geschäfte ein. Nich bloß, daß se alles kennenlernen sollte, ich hatte dabei auch einen Hintergedanken: Vielleicht erbarmt se sich meiner Buchführung. Ich hab' die Bücher immer, wenn ich nich weiterkam, aufs

Klavier geschmissen und dacht': „Was braucht das Finanzamt alles zu wissen." Bis se mich erwischt haben.

Ich hatte durch Beziehungen einen ganzen Waggon mit Fässern französischen Rotwein ohne Rechnung gekauft und konnt' den Wein daher schön billig verkaufen. Das hatte aber wohl einigen Lebensmittelhändlern aus der Umgegend nich gepaßt, und die müssen mich beim Finanzamt verpfiffen haben. Jedenfalls kam ein Buchprüfer, fand keine Rechnung für den Wein, ich bekam eine Strafe aufgebrummt und mußte die Steuer nachzahlen. Jeden Monat 400 Mark nachträglich für das ganze Jahr rückwirkend. Ich jammerte dem Menschen vor, daß ich doch Halbwaise sei und noch so jung, daß ich deshalb so wenig Ahnung hab', – nuscht half, ich mußte blechen. Dabei hatt' ich das Geld alles hübsch zurückgelegt, aber nich fürs Finanzamt. Ich wollt' mir einen flotten Wagen, Marke „Wanderer", der damals groß in Mode war, kaufen. Immerhin machte der Buchprüfer einen Vermerk in seine Akten, daß in Zukunft „die Ehefrau die Bücher führen wird und keine Unregelmäßigkeiten mehr vorkommen werden".

Gern hätt' ich ja noch bis zum 30. September geheiratet, dann hätt' ich noch für 1937 die Steuerermäßigung bekommen. Aber das war meiner Braut nun doch zu überstürzt. Vielleicht wollt' se mich auch noch e bißche testen. In diesem Jahr aber sollte die Hochzeit noch unbedingt sein, damit wir das Ehestandsdarlehen – oder wie das damals hieß – erhielten.

Ich fragte den Bürgermeister von Geroburg, ob er nich eine schöne, romantische und abgelegene Kirche weiß, in der wir uns trauen lassen können. Hier würde es zu großen Rummel geben, und das wollte ich nich.

„Passen Sie auf", sagte der Bürgermeister nach einigem Nachdenken, „fahren sie ins Riesengebirge nach Wang, dort ist eine kleine Kirche, wirklich ganz romantisch gelegen. Allerdings müssen Sie für die Trauung anständig bezahlen. Für Angestellte wird nach der Lohnsteuer berechnet, für Selbständige nach der Einkommensteuer."

Das war mir ja nu egal, immerhin sparte ich die Bewirtung der Hochzeitsgäste von halb Geroburg. Also wir schrieben die Küsterei der Kirche in Wang an, erhielten aber erst einen Termin für den 1. Januar 1938, am Neujahrstag. Folglich mußte die standesamtliche Trauung Silvester sein. Dieser Silvesterscherz war so ganz nach meinem Sinn.

Die standesamtliche Trauung fand dann in Straupitz statt, der Standesbeamte war ein alter Ostpreuße aus Masuren. Er hat bald geheult vor Freude, daß er einen Ostpreußen trauen konnte; in seiner ganzen Amtszeit hatte er es sich gewünscht, nie hatte es geklappt. Und nun, bei seiner letzten Amtshandlung – ab 1. Januar war er pensioniert – brachte er noch einen Ostpreußen unter die Haube. Meine Mutter und mein Werkmeister waren die Trauzeugen.

Gleich nach der Trauung brachte der Werkmeister meine Mutter und uns, das neu gebackene Ehepaar, nach Cottbus zur Bahn, und wir fuhren ins Riesengebirge. In Hirschberg übernachteten wir. Am anderen Nachmittag war die Trauung angesetzt. Leni standesgemäß im weißen Kleid, ich im „Stresemann", so fuhren wir im Taxi nach Wang zur Kirche. Eine norwegische Stabkirche war das, ganz aus Holz, wirklich hübsch anzusehn.

Und wieder trafen wir auf einen Ostpreußen, den Pfarrer! „Mänschenskind", rief er, „ein Thews! Mit einem Thews hab' ich mal zusammen studiert! Aber sagen Se mal, wo haben Se bloß die aparte Marjell aufgegrabbelt? Die spricht doch ganz auswärts." Und ich erzählte ihm, daß ich se auf einem Schrumm in Lübben eingefangen hatt'. „Na, denn werden wir erst mal e Schlubberche zur Brust nehmen, bevor wir den feierlichen Akt vornehmen", schmunzelte der Pastor. Und in der heiligen Sakristei genehmigten wir uns alle ein kräftiges Schlubberchen.

Der ostpreußische Pastor hielt uns dann eine zu Herzen gehende Traurede, anschließend fuhren wir mit meiner Mutter zu den „Hotelterrassen Wang", wo uns beim Eintritt schon der Hochzeitsmarsch „Treulich geführt ..." entgegendröhnte.

Als wir drei dann so bei unserem Hochzeitsmahl saßen, kam mir plötzlich zum Bewußtsein, daß wir, gemessen an dem heutigen bedeutenden Ereignis, zu wenig am Tisch sind. Ich rief den Pastor an und fragte ihn, ob er nich mit uns feiern will. Er meinte, er habe Besuch und könne nich kommen. „Na, denn bringen Se doch Ihren Besuch mit", sagte ich. Das tat er denn auch, und nu waren wir all zu sechst am Tisch. Das erschien mir aber immer noch zu wenig. Ich ging zur Kapelle. „Spielen Se mal einen großen Tusch", sagte ich. Und dann rief ich in den Saal: „Alle, die aus Ostpreußen oder Schleswig-Holstein sind, kommen an unseren Tisch, sie sind meine Gäste." Na, und denn wurd' es noch sehr, sehr gemütlich!

Mit dem Pferdeschlitten fuhren wir wieder nach Hirschberg, um dort zu übernachten, am anderen Tag mit der Bahn weiter nach Dresden. Meine Mutter fuhr in den Spreewald zurück.

In Dresden suchten wir uns ein Hotel, wir wollten ein paar Tage Großstadtluft genießen, es sollt' quasi eine kleine Hochzeitsreise sein.

Als wir abends schlafen gehn, wir haben uns gerade so zurechtgefummelt und sind am Einschlafen, da bullert es anne Tür.

„Aufmachen – Sittenpolizei!"

Ich mach' auf, die kommen rein.

„Sind Sie verheiratet?" fragt der eine in barschem Ton.

„Ja", sag' ich, „wir sind sogar auf der Hochzeitsreise."

„Zeigen Sie Ihre Papiere."

Na, das war vielleicht ein Ei! Die Papiere von der Trauung hatt' ich nämlich meiner Mutter mitgegeben, und im Führerschein und im Ausweis war ja noch nuscht umgeschrieben. Zum Glück konnten wir Lenis Brautkleid und meinen Stresemann vorweisen, aber den Kräten war das immer noch nich ganz geheuer. Da fuhr ich ein schweres Geschütz auf:

„Ja, was glauben Sie denn, meine Herren, wen Sie vor sich haben! Ich bin Ortsgruppen-Propagandaleiter, hier ist mein Dienstausweis. Und wenn Sie sich nicht sofort entschuldigen und sich verpfeifen, werde ich diesen Vorgang nach oben melden!"

Die beiden Laukse entschuldigten sich tausendmal, und schwupp – waren se draußen.

Ich aber schmiß mich aufs Bett und kugelte mich vor Vergnügen. Wie oft schon hatt' ich mit einer Freundin im Hotel übernachtet gehabt, nie war eine Kontrolle gewesen, und jetzt mit meiner eigenen Frau tanzt die Sittenpolizei an!

Nach einer Woche fuhren wir nach Geroburg zurück, und dort angekommen mußten wir in den nächsten Tagen natürlich einen ausgeben. Das machte ich mit meinem, inzwischen versteuerten, Rotwein und opferte zwei Fässer. Jeder Kunde, der in den Laden kam, bekam ein Glas oder zwei Gläser Rotwein.

Das „Freudige Ereignis" im Opel P 4

Meine Frau lebte sich gut ein in Geroburg, ich glaub', se fühlte sich so richtig in ihrem Element; jedenfalls hatte se bald alles fest in der Hand, auch de Kasse. Se schmiß den Laden, als hätt' se nie was anderes gemacht.

Ja, und eines schönen Tages eröffnete se mir, daß wir bald Nachwuchs kriegen werden. Ich fiel aus allen Wolken! Leni war schlank wie immer, rein gar nuscht konnt' man ihr ansehn. Ich wollt' das gar nich glauben. „Wo hast denn bloß das Kind versteckt?" fragte ich, „Wart' ab", meinte se bloß.

Die Zeit verging, bißche molliger wurd' meine Frau zwar, aber doch nich so, daß se einen Kugelbauch vor sich herschob, wie ich das von anderen Frauen her kannte. Bis se eines Tages über Schmerzen klagte. Das kannt' ich gar nich von ihr, se war immer kerngesund. Nich die geringste Ahnung hatt' ich, wie das Kinderkriegen vor sich geht, und wir wußten auch gar nich den Termin der Ankunft unseres neuen Erdenbürgers. Leni war nie zur Vorsorgeuntersuchung gegangen. Vorsichtig wie ich nu mal bin, sagte ich mir: sicher is sicher, und ich rief meinen Lehrling zu mir: „Saus' ma! gleich mit dem Rad ab zur Hebamme, der Frau Konzak, sag' ihr, sie soll die Straße lang gehn in Richtung Burg, ich komm' mit dem Auto, dann kann sie zusteigen, und wir fahren in die Klinik."

Der Jung' flitzte los, Leni machte sich fertig, und wir machten uns auf den Weg. Tatsächlich marschierte die Hebamme schon die Straße lang, und se stieg zu uns ins Auto. Wir sind gerade am Ortsrand von Burg, da hab' ich Reifenpanne. Erbarmung – das fehlte gerade noch! Mein ganzes Leben lang hatte ich zwei linke Hände gehabt, was mechanische Arbeit anbelangte. Meine Frau konnte Reifen wechseln – ich nich. Da ich ihr das nu in diesem wichtigen

Moment nich zumuten wollte, rannte ich zu einer Werkstatt, um einen Mechaniker zu holen. Als wir zum Auto zurückkamen, war all alles vorbei: Ich war inzwischen Vater einer Tochter geworden. Im Auto, unter einer Kastanie vorm „Deutschen Haus" in Burg hatte unsere Tochter ihren ersten Schrei von sich gegeben, in einem alten Opel P 4!

Was sollten wir nu noch im Krankenhaus? Nachdem der Reifen gewechselt worden war, machten wir uns auf den Heimweg nach Geroburg. Kurz hielt ich noch bei meinem Freund Emil Dokter an, stolz präsentierte ich ihm meine Marjell.

Als wir unsere Tochter amtlich anmelden wollten, kam die Kardinalfrage: In welchem Ort ist unsere Tochter geboren? In Burg oder in Geroburg? Wir entschieden uns für Geroburg. Heute is unsere Tochter stolz darauf, daß sie im sorbischen Byhlegure geboren is, denn nach dem Krieg is der Ort wieder zurückbenannt worden.

Vier Wochen, bevor der zweite Weltkrieg begann, wurde ich wieder zur Marine eingezogen, diesmal nach Koeslin. Bereits 1938 hatte ich zum zweitenmal meine acht Wochen Reservedienst geleistet und war als Gefreiter entlassen worden. So war ich hier in Koeslin nu schon wer, und als der Admiral einen Backschafter suchte, meldete ich mich dafür. Ein „Backschafter" ist bei der Marine der, den man beim Heer die „Ordonnanz" nennt. Auf ostpreußisch gesagt: Ich wurd' dem Admiral sein Paslak. Mußt' ihn von vorne bis hinten bedienen, und – e höfliches Kerlche wie ich nu mal war – er war sehr zufrieden mit mir. Wir verstanden uns beide ganz prima.

Als der Krieg mit Polen beinahe zu Ende war, wurd' ich nach Oxthöft bei Gdingen versetzt. Erst einmal wurden wir eingesetzt, um polnische und deutsche Gefallene aus dem Hafenbecken zu fischen. Na – reden wir nich weiter darüber.

Heinz Thews als Matrose

In Oxthöft hatten wir große Lebensmittellager von den Polen vereinnahmt, und die Lebensmittel mußten sortiert werden. Ein Stabsoberbootsmann – dieser Dienstgrad ist der höchste Dummheits-Dienstgrad vor dem Offiziersrang – gab den Befehl, in der Halle außen die Butter zu packen, dann die Zuckersäcke und zur Mitte hin das Mehl.

Alle Kameraden wollten sich gleich an die Arbeit machen. „Wartet mal noch damit", sagte ich zu ihnen, „paßt mal auf: Bald kommt der Winter, dann wird die Halle geheizt. Die Heizrohre laufen ringsum am Hallenrand. Dann fließt die Butter zum Zucker, weiter zum Mehl, dann brauchen wir nur noch Hefe und Rosinen zugeben, und wir haben den schönsten Weihnachtsstollen."

Alles wieherte vor lachen.

Der Stabsoberbootsmann hörte das: „Warum wird hier so gelacht? Arbeiten sollt ihr!" Damit nich womöglich alle von uns strafexerzieren mußten, meldete ich mich.

„Ich habe Schuld, Herr Stabsoberbootsmann."

„Wieso?"

„An der Seite der Halle laufen doch die Heizungsrohre lang, da können wir doch nicht die Butter hinpacken. Besser wäre es, zuerst das Mehl, dann denZucker und zuletzt die Butter zu packen."

Der gute Mann kuckte mich direkt e bißche bewundernd an.

„Was sind Sie von Beruf?"

„Ich bin aus der Branche, Herr Stabsoberbootsmann."

„Ich frage Sie, was Sie von Beruf sind!"

„Ich bin Bäckermeister, Herr Stabsoberbootsmann."

Sofort gab er den Befehl, alles so zu packen, wie ich es

vorgeschlagen hatte. Aber natürlich sagte er es so, als wäre die Idee auf seinem Mist gewachsen.

Am nächsten Morgen, wie üblich, ist Antreten. Der Obermimer sagt: „Gefreiter Thews, vortreten!“ Ich denk’, nu krieg’ ich eins reingewürgt wegen gestern.

Aber nei, ich denk’, ich hör’ nich richtig, er sagt: „Sie werden mit sofortiger Wirkung zum diensttuenden Maat ernannt.“

Ich erhielt einen Streifen mehr am Ärmel und eine Gruppe, der ich „das Laufen“ beibringen mußte, und – was mir ganz peinlich war – meine Kameraden mußten mich jetzt grüßen. Aber im großen und ganzen fühlte ich mich in meiner Funktion als Maat ganz wohl.

Dann ging es ab nach Hela, und hier konnt’ ich wieder mal mein Organisationstalent unter Beweis stellen: Ich gründete eine Kapelle. In der Einheit waren alles junge Burschen zur Ausbildung, und unter diesen fand ich zehn, die verschiedene Instrumente spielten. Ich versuchte mich mal als Dirigent, mal als Schlagzeuger, mir gelang beides ganz gut. Jedenfalls machten wir eine ganz schmissige Musik, und wir genossen in der Kompanie großes Ansehen als Künstler.

Zum Maat – ich war ja nur diensttuender – wurde ich schließlich, ohne daß ich den dafür üblichen Kurs absolvieren mußte, auch befördert, und nu war ich all wer.

Gern trieb ich mich in meiner freien Zeit bei den Fischern am Hafen rum, und als ich sah, was die immer für prächtige Aale und Flundern in ihren Netzen hatten, kam mir eine Idee. Ich fragte die Fischer, ob se auch mir die Fische verkaufen würden. „Ja, warum denn nich“, meinten die. Die sprachen ja fast alle deutsch. Also kaufte ich in den folgenden Wochen den Fischern eine Menge Aale und Flundern ab, ließ se räuchern und schickte se zu meiner Frau in den Spreewald. Sie verkaufte die Räucherfische, ja, se wurd' se reißend los. Schlange standen die Leute danach an. Bloß – was mußte meine arme Frau dabei leiden, sie war nämlich allergisch gegen Fisch. Nich mal riechen konnt' se ihn. Bevor se mit dem Verkauf begann, mußte se doch die Fische sortieren, dabei hat se sich erst mal ausgekotzt.

Für den Erlös der Fische konnte ich dann die Hypotheken von meinem Haus in Heiligenbeil, das ich kurz vor dem Krieg gekauft hatte, ablösen. Das Haus hatte ich mit dem Hintergedanken gekauft, dort ein Café und Kino einzurichten. Und zwar hatte der damalige Bürgermeister von Heiligenbeil mir geschrieben, daß son Jung' wie ich, der dazu noch der jüngste Bäckermeister Deutschlands is, nich im Spreewald sitzen darf. „Du gehörst nach Ostpreußen", schrieb er.

Da hatte er einen empfindlichen Nerv bei mir getroffen! Schon seit einiger Zeit versuchte ich meine Frau auf Ostpreußen umzupolen, brachte ihr bei, daß Ostpreußen das schönste Land is das es gibt, und daß ich dort eines Tages ein Café mit Kino aufmachen werd'.

So war ich denn mit Leni nach Heiligenbeil gefahren, um mich nach einem geeigneten Haus umzusehen. Als ich meiner Mutter erzählte, daß ich mir hier ein Haus kaufen will, jammerte sie: „Jungchen, du bist doch mein Einziger, komm' und übernimm doch das Väterliche."

„Das kannst von mir aus inne Jarft schmeißen – ich will mir selbst was aufbauen" sagte ich sehr energisch zu ihr.

In Heiligenbeil wurde mir das Haus von Rektor Wichert, der verstorben war, angeboten, es sollte 35 000 Mark kosten. Es war mit hohen Hypotheken belastet, die ich übernehmen konnte. Im Haus befanden sich vier Wohnungen, die 75 Mark Miete im Monat einbrachten, davon konnte ich bequem die Zinsen bezahlen und auch noch etwas abstottern. Also kratzten wir unsere Dittchen zusammen, zahlten viertausend Mark an und übernahmen die restlichen Schulden.

Ja, und jetzt hatte ich mit dem Fischhandel mir die Schulden vom Hals geschafft.

Da fällt mir noch was ein: Damit die Aaale und Flundern auf dem Transport nich hin- und herschlackern, stopfte ich die Lücken immer mit alten Zeitungen aus, die ich von den Fischern bekam. Eines schönen Tages fällt mein Blick beim Einpacken auf eine fette Überschrift „Ziegenbock wird Beamter". „Was is das fürn Blödsinn", denk' ich, und ich les' den Artikel. Das war eine alte Danziger Zeitung, also in deutsch geschrieben.

Folgendes war passiert:

Eine gewisse Alma Meier lebte vom Deckgeld ihres gekörten Ziegenbocks und hatte in den „Danziger Nachrichten" ein Inserat aufgegeben, daß Ziegenhalter ihre Ziegen zu ihr bringen können, ihr Ziegenbock würde sie für fünf Gulden bedienen. Ein Finanzbeamter liest diese Anzeige, schaut in seiner Kartei nach, ob diese Alma Meier auch Steuern dafür bezahlt. Sie ist überhaupt nicht gemeldet, bezahlt weder Umsatz- noch Gewerbesteuer. Alma Meier erhält eine Vorladung. Sie geht zum Finanzamt, der zuständige Beamte erklärt ihr, daß sie ein Gewerbe ausübe und dafür Steuern zahlen müsse. Alma weigert sich zu zahlen, mit der Begründung, daß das geringe Einkommen gerade für sie und ihren Ziegenbock zum kargen Leben reiche. Das Finanzamt konfisziert den Ziegenbock und will nun der Sache auf den Grund gehn. Eine Anzeige gleichen Inhalts wird in die Zeitung gesetzt, aber mit Anlaufstelle Finanzamt. Ein paar Leute erscheinen auch mit liebeshungrigen Ziegen, aber der Bock ist nicht gewillt zu springen. Er tänzelt um die Ziegen herum, beschnuppert sie, wedelt freudig mit dem Schwänzchen – sonst tut sich nichts.

Alma Meier wird wieder vorgeladen, wird gefragt, ob ein Trick bei der Sache sei, der Bock hätte nicht seine Pflicht getan.

„Was heißt hier Trick", erwidert Alma, „der Bock wußte, bei mir muß er springen, sonst haben wir nichts zu beißen. Jetzt, wo der Beamter geworden ist, denkt er, er hat das nicht mehr nötig."

Ich hab' mich halb kringlich gelacht und die Geschichte auch meinen Kameraden erzählt. Und wie oft ich die überhaupt schon zum besten gegeben hab', kann ich gar nicht zählen.

Prüfungen – Prüfungen

Mit meinem privaten Fischhandel war dann Schluß, als ich im Januar 1941 nach Kiel versetzt wurd'. Aber immerhin tanzte ich hier schon als Obermaat an, und ich konnt' meine Fähigkeiten als „Dompteur" unter Beweis stellen. Alles klappte prima, meine Mischkoten spurten, und im großen und ganzen schob ich hier eine ganz ruhige Kugel. Lieber hätt' ich ja Schiffsplanken unter de Klischen gehabt, aber leider war damit immer noch nuscht. Freizeit hatt' ich jede Menge, und ich simmelierte, ob ich nich was Sinnvolles tun könnte.

Ich nahm mit der Konditorinnung Kontakt auf und erzählte, daß ich Bäckermeister bin, aber auch Ahnung vom Konditorhandwerk hab' und mich deshalb zur Konditor-Meisterprüfung anmelden möchte. Ich war dann ganz erstaunt, daß das tatsächlich ging.

Nu wußt' ich, daß einer in meiner Gruppe Konditormeister war, und ich fragte ihn, ob er mir bei der Vorbereitung zur Prüfung behilflich sein könnte.

„Hören Sie zu", sagte ich, „ich bin Bäckermeister von Beruf, aber weil ich schon bißchen Ahnung vom Konditorn hab', bin ich zur Meisterprüfung zugelassen. Ich hätte aber doch gern ein bißchen Unterstützung ..."

„Aber na machen wir doch, Herr Obermaat!" fällt er mir ins Wort. Und so half er mir bei dem ganzen Fummelkram. Für die praktische Prüfung war mir zur Auflage gemacht worden, Blätterteig, Marzipan, einige Torten und Petits fours herzustelllen, das war kein Problem für mich. Aber eine verdammt knievelige Angelegenheit wurde eine andere Aufgabe: Ich sollte einen Makronenaufsatz mit Krokantschale herstellen. Aber mit meinem geborgten Konditormeister deichselte ich auch diese Schwierigkeit. Die

Krokantschale füllten wir mit den Petits fours und stellten sie in den Keller der Konditorei.

Nu is ja die Luft im Keller immer bißche feucht, und am Tag, bevor die Prüfungskommision kommen sollte, merkte ich, daß der Makronenaufsatz bißche klabastrig zu werden begann. Ich erzählte der Meisterin, der die Konditorei gehörte und deren Mann bei der Prüfungskommission war, von meinem Kummer und fragte sie:

„Haben Sie vielleicht eine schöne breite Schleife? Die könnte ich da rumbinden, damit alles zusammenhält."

„Welche Farbe wollen Sie haben?"

„Das is mir egal."

Und dann brachte die Meisterin eine lila Schleife an, ausgerechnet lila! Aber als wir mit vereinten Kräften die Schleife um das ganze Gebilde drapiert hatten, sah das umwerfend gut aus. Die lila Farbe war genau die richtige zu dem gelb-braunen Krokant, paßte „wie de Fuust oppet Oog".

Nu konnt' ich bloß noch beten, daß das Prachtstück auch hält, bis die Prüfungskommission kommt. Es hielt tatsächlich, bloß als die Herren alles begutachtet hatten und beim Rausgehn die Tür zuknallten, klappte die ganze Herrlichkeit in sich zusammen.

Im Juni erhielt ich dann meinen Meisterbrief, und weil ich so schön in Prüfungsstimmung war, beschloß ich, noch etwas für meine Zukunft zu tun und meinen Filmvorführschein zu machen. aber wie war das machbar? Ich konnte doch zur Zeit keinen Kursus absolvieren. Da half nur eins: Meine Frau mußte den Kursus machen und mir die erlernte Theorie beibringen. Ich nahm paar Tage Urlaub, fuhr nach Hause und besprach alles mit Leni. Zuerst machte se ja allerhand Gewui, sie könnte doch den Laden nich so lange allein lassen, und wo sollte das Kind derweil blei-

Handwerkskammer Lübeck

Meister-Prüfungs-Zeugnis

Carl-Heinz Thews

geboren den 17.September 1912 zu Wehrkirchen/Ostpr.

hat heute vor dem unterzeichneten Prüfungsausschuß die

Meisterprüfung

im Konditoren-Handwerk

gemäß § 133 der Reichsgewerbeordnung bestanden.

Kiel, den 19.Juni 1941.

Der Meisterprüfungsausschuß

für das Konditoren-Handwerk zu Kiel

Hans Neumann

Vorsitzender

Joh. Henningsen — Beisitzer

Erich Schrödter — Beisitzer

Handwerkskammer Lübeck

3000 6. 37. Form. 11

frisch gerösteter
KAFFEE

CENTRALVERBAND
DER KOHLENHÄNDLER DEUTSCHLANDS E.V.
BERLIN W 62, WICHMANNSTRASSE 19

Der Inhaber dieser Karte ist als Kohleneinzelhändler anerkannt und im Register des deutschen Kohlenhandels beim Centralverband der Kohlenhändler Deutschlands E. V. eingetragen.

Einzel-handel

Kohlenhändlerkarte
1942/43 Reg.-Nr. 12942

G. H. Thoss
Kohlenhandlung

G e r o b u r g
i/Spreewald

CENTRALVERBAND DER KOHLENHÄNDLER DEUTSCHLANDS E.V.

DER PRÄSIDENT:

Für die Richtigkeit des Registers:
DIE GESCHÄFTSFÜHRUNG:

1. Diese Karte ist gültig für das Kohlenwirtschaftsjahr 1942/43.
2. Durch diese Kohlenhändlerkarte dokumentiert der Inhaber seine Zugehörigkeit zu der zuständigen Kartell-Organisation des Kohleneinzelhandels.
3. Er erkennt damit an, daß er neben seinen sonstigen Verpflichtungen fristgemäß die festgesetzten Beiträge an die zuständigen Organisationen des deutschen Kohlenhandels zu zahlen hat.
4. Die Kohlenhändlerkarte ist nicht übertragbar; sie ist auf Verlangen des Centralverbandes an diesen sofort zurückzugeben.
5. Umschreibungen der Kohlenhändlerkarte bei Geschäftsübernahmen im Familien- bzw. Erbschaftswege werden kostenlos erledigt. Bei Geschäftsverkäufen oder Verpachtungen ist vom Käufer oder Pächter die Erteilung der Kohlenhändlerkarte erneut zu beantragen.

Firmenstempel und
eigenhändige Unterschrift des Inhabers dieser Karte: ....

C/1382

ben, auch eine Bleibe müßte sie sich erst in Berlin besorgen. Aber dann fühlte se sich v'leicht bißche gebumfiedelt, daß ich ihr sowas zutraue, und se war mit meinem Vorschlag einverstanden.

So belegte meine Frau einen fünfwöchigen Kursus bei der Landesbildstelle in Berlin, und ich erhielt vom Kapitänleutnant Zivilerlaubnis, um in einem Filmtheater derweil mein Praktikum zu machen. Zunächst als Umspuler.

In diesen fünf Wochen erhielt ich fast jeden Tag von meiner Frau einen Brief. Nich etwa Liebesbriefe – nei – lange Aufsätze waren das! Das Erlernte von jeweils zwei Theoriestunden hatte sie in einem Aufsatz zusammengefaßt, und in jedem Brief waren vier Aufsätze; der tägliche Unterricht erstreckte sich über acht Stunden. Und danach mußte ich nu lernen. Erbarmung – Erbarmung – nie im Leben hätt' ich gedacht, was man als Filmvorführer alles wissen muß! Das ging los mit „Bildwurf und Kinotechnik", „Optik- Licht- und Elektrotechnik" und endete über „Feuer- und baupolizeiliche Vorschriften" bei „Rechtskunde".

Da hatt' ich mir ja was Schönes eingebrockt! Aber half nuscht, das mußte nu alles in meinen Deez rein.

Schließlich schrieb mir Leni Mitte Dezember, daß sie die Prüfung bestanden habe und in allen vorhin genannten Fächern eine „Eins" hat. Eine Eins!

„Warum bloß hast die Prüfung mit 1 gemacht, eine 3 hätte doch auch genügt", schrieb ich ihr zurück. „Wärst doch lieber des öfteren ausgegangen und hättest Dich amüsiert, wo Du nun schon längere Zeit in Berlin warst."

Aber – was soll ich sagen – am 17. Februar machte ich schließlich auch meine Prüfung und bestand se sogar, dank Lenis penibel vermitteltem Wissen. (Damals schon merkte ich, daß ich vor Hunger nich in den Schlaf gekommen wär', hätt' ich Leni nich als Frau gehabt.)

Was nützte mir aber der Filmvorführschein, wenn ich mich nich in der Branche betätigen konnte? Ich mußt' doch mit allem vertraut sein, denn daß ich nach dem Krieg Kinobesitzer werden wollte stand nu mal fest. So war ich sehr froh, daß ich weiterhin Zivilerlaubnis erhielt und im Filmtheater als Theaterleiter-Assistent bleiben konnte.

Immer war das Kino ausverkauft, und ich bekam mit, daß viele Soldaten und Matrosen deswegen keinen Einlaß fanden. Dagegen mußte doch was zu machen sein! Ich fragte den Kinobesitzer, ob ich nich mehrere Vorstellungen kaufen könnte, die ich dann an den Sonntag-Vormittagen selbst vorführen könnte, damit die Landser eine Chance zum Kinobesuch bekämen. Mein Chef war einverstanden, rechnete kurz die Kosten durch und nannte mir den Pauschalpreis für die Vorstellungen. Ich schrieb meiner Frau, daß sie mir paar Blankoschecks schicken soll, gab an den Anlegestellen der Schiffe, an Kasernen und in Kantinen bekannt, daß Soldaten für fünfzig Pfennig auf allen Plätzen meine Sonntags-Vormittag-Vorstellungen in der „UfA-Filmbühne" Holstenstraße besuchen können.

Nich bloß, daß ich ein Wohltäter für die Landser sein wollte, nei, ich versprach mir dabei natürlich auch für mich ein Geschäftchen. Aber bei der ersten Vorstellung bin ich beinah' auf de Freß' gefallen: Als ich die Dittchen gezählt hatt', blieben mir gerade eine Mark und fünfzig Pfennig übrig!

Bei den nächsten Vorstellungen aber blieb mir immer ein hübsches Klackschen übrig, und zunächst spendierte ich davon meinen Unteroffizieren einen Reitkursus. Ich dacht' mir, kann nuscht schaden, wenn es auch berittene Marine gibt. Viel Spaß haben wir beim Reiten gehabt, besonders am Anfang, die Jungens saßen auf ihren Kobbeln wie „e Sauf aufe Kneifzang".

Für unsere Kameradschaftsabende ließ ich dann auch paar Dittchen springen, die stammten aus einer anderen Einnahmequelle von mir: In den Kantinen hatte ich Spielautomaten aufstellen lassen. Und eine kleine Kapelle hatte ich auch zusammengekricht, die spielte dann an unseren Kameradschaftsabenden.

Mein Kapitänleutnant meinte, wo ich doch so gut organisieren kann, sollte ich doch einen Leierkastenmann für die Kameradschaftsabende besorgen. Ich tat ihm den Gefallen. Ich sprach beim Finanzamt vor und ließ mir vom Gewerbeaußendienst paar Adressen von solchen Heinis geben und suchte se auf. Die ersten beiden sagten mir nich zu; der eine schielte, der andere hatte nich die richtige Musik in seinem Kasten. Schließlich wollten meine Jungs doch was Schmissiges hören, wo se mitsingen konnten, und nich „Gebet einer Jungfrau“ und ähnlichen Quatsch. Beim dritten Mann, den ich aufsuchte, hatt' ich gleich, als ich durch de Tür kam, einen Affen auf meiner Schulter zu hucken. Das wars: Leierkasten mit Affe! Ich engagierte den Mann, und der Abend wurde ein Bombenerfolg.

Eines Tages traf ich in Kiel einen Kumpel, den ich von Hela her kannte, und er erzählte, daß er in Potsdam beim 2. ADO (Admiral der Ostsee) Schreiber is. Bei der Marine-Propaganda-Abteilung. Ich hab' gleich geschaltet:

„Sag mal, kannst mir da nich auch eine Stelle besorgen? Hier in Kiel wird mir allmählich zu langweilig, immer bloß die Schaschkes ausbilden, das is nuscht für mich. Ich brauch mal Tapetenwechsel. Außerdem hab' ich im Spreewald meine Familie und den komischen Laden, da könnt' ich von Potsdam aus öfter mal runterhuschen.“

„Ich werde mal sehen, was ich da machen kann“, meinte mein Kumpel, „aber versprechen kann ich nichts. In der Marine-Propaganda-Abteilung müßte es eigentlich möglich sein, dich unterzubringen.“

„Das wär' eine feine Sache, kannst ja sagen, daß ich Ahnung von Kino und auch den Filmvorführschein hab', vielleicht is da in dieser Hinsicht was für mich drin."

Der Jung' hat das dann doch tatsächlich gedeichselt, daß ich zu besagter Abteilung nach Potsdam versetzt wurde.

Ich kam in Potsdam an, ging zur Kaserne, die in der Pappelallee lag, und als die ersten Matrosen an mir vorbeigingen und mich nich grüßten, war ich ganz verdattert. Die hielten es nich für nötig, einen Obermaat zu grüßen! Was war das hier für ein vergammelter Haufen? Auch auf dem weiteren Weg grüßte mich kein Aas.

Als ich mich dann beim Kapitänleutant meldete, sagt der doch: „Aha – der Obermaat Thews, ich habe schon auf Sie gewartet; Sie sind uns als Spezialist für Luftabwehr gemeldet worden."

Ich dacht', ich hör' nich recht! „Das muß ein Irrtum sein, Herr Kapitänleutnant, ich bin Ausbilder für die Marine", sag' ich.

„Soso – soso. Hm, na ja, dann schaffen Sie hier in dem Haufen mal bißchen Ordnung."

Ach Gottchen – all wieder Ausbilder, nuscht mit Kino. – Aber ich merkte bald, daß ich bei einem ganz aparten Haufen gelandet war. Die meisten der Jungs waren Künstler: Maler, Schauspieler, Schriftsteller oder Musiker. Waren nich aufen Kopp gefallen die Jungs. So dacht' ich, kann nuscht schaden, wenn ich meine mir angeborene nette Art zeig' und es mit Diplomatie versuch'.

„Also", meinte ich, „Jungs, paßt mal auf. Wir wollen hier mehr Ordnung haben, ein paar Dinge müssen sich unbedingt ändern ..."

„Aber ja, Herr Obermaat, das sehen wir ein", meldete sich einer, „Sie müssen uns nur sagen was wir tun sollen, wir machen alles was Sie wünschen."

Die anderen, beinahe im Chor: „Wir machen alles, Herr Obermaat!“

Wollten die mich verkackeiern? Todernste Gesichter ringsum. Als ich im Verlaufe des Unterrichts über Uniformen und Rangabzeichen sprach und den „Aeskulapstab“ erklärte, den die medizinischen Chargen am Arm aufgenäht trugen, meldete sich einer, von dem ich wußte, daß er Schriftsteller ist und hauptsächlich Exposés für Filme schrieb: „Herr Obermaat, ich dachte immer, das Wort kommt von dem Lied ‚Es kulappert die Mühle am rauschenden Bach‘“. Na und solche Dinger schoben se mir des öfteren hin, da sollt’ ich nu ernst bleiben. Aber eine ganz dufte Truppe war das! Manchmal fuhren wir abends gemeinsam nach Berlin rein, meistens landeten wir im „Zigeunerkeller“. War ja Verdunklung, die Straßenlaternen brannten nich, und das brachte mich einmal auf eine Idee. Als wir so in ausgelassener Stimmung am Tisch saßen, sagte ich: „Hört mal her, wir werden jetzt alle losziehen und uns im Dunkeln jeder ein Mädchen einfangen. Wer zuerst mit einer Marjell da is, is König, der Letzte muß eine Lage schmeißen.“

Die Jungs waren begeistert, wir tranken unser Bier aus und zogen los.

Wer war der Erste? Natürlich ich. War ja damals auch gar nich schwer, sich eine Marjell aufzugrabbeln, die blaue Uniform zog immer. Und meine Auserwählte war, bei Licht besehn, gar nich übel, sah ganz apart aus. Aber als dann die anderen mit ihren Eroberungen antanzten – Erbarmung – die hatten sich vielleicht paar Eulen eingefangen! Trotzdem: Kavaliere wie wir alle waren, erhielt jede Maid ihr Heißgetränk, das damals in diesen heroischen Zeiten als Ersatz für Alkoholika ausgeschenkt wurde, aber eine Verabredung mit ihnen zu treffen, daran dachte keiner von uns.

Da fällt mir noch ein –, der Schriftsteller, der mich mit

„kulappert die Mühle“ angepflaumt hatte, war ein richtiger Dolbregen. Eines schönen Tages war er weg – wie inne Ritz geschorrt! Ich denk’, das kann doch nich wahr sein, daß der so einfach verschwindet, is der etwa fahnenflüchtig geworden? Ich mußte das dem Kapitänleutnant melden. „Geht schon in Ordnung“, sagte der, „er ist zu einem Sondereinsatz abkommandiert worden, in ein paar Wochen ist er wieder hier.“ Na gut, hätte man mir auch sagen können.

Er kam dann auch wirklich nach ein paar Wochen wieder und erzählte, daß er in Japan gewesen ist. Als Frontberichterstatter war er mit einem Hilfskreuzer in Japan gelandet. Die Japaner wiesen ihm für die Zeit seines Aufenthalts ein kleines Häuschen zu und – eine Geisha. „... und Herr Obermaat“, erzählte er mir, „ich kann Ihnen nun genau sagen: Das, was von den japanischen Frauen gesagt wird, stimmt alles nicht. Die haben sie nicht so, und auch nicht so, sondern genauso.“

So schön die Zeit in Potsdam auch war, und der Hauptzweck meines Hierseins erfüllt war, daß ich alle vierzehn Tage nach Hause fahren konnte, mir gefiel es nich, immer in der Etappe zu klucken. Womöglich siegten die Jungs da draußen, und ich war nich mit dabei. Das ging nich an. Also meldete ich mich zur Front. Obwohl ich als Offiziersanwärter vorgeschlagen worden war. Das hatte ich aber glatt ausgeschlagen und mir das auch vom Kapitänleutnant bescheinigen lassen. Schließlich wollt’ ich doch nach dem Krieg mein Café und Kino eröffnen, nich die Offizierslaufbahn einschlagen.

Weihnachten feierte ich noch schön zu Hause mit Frau und Kind, Uschi war schon vier Jahre alt, und im Januar wurd’ ich nach Frankreich, bei Brest, zum Küstenschutz der Marineartillerie versetzt. Viel lieber wär’ ich ja auf ein U-Boot gegangen, ich wurde dafür auch gemustert, jedoch zu groß dafür befunden. Wahrscheinlich hätte ich in dem Ding immer gebückt gehen müssen, oder wär’ mittem Kopp an den „Sargdeckel“ gestoßen.

Das Nest, in dem ich mich melden mußte, hieß Trez Hir, lag etwa zwanzig Kilometer von Brest entfernt. Ein Leutnant, der vorher dort der Obermimer gewesen war und versetzt werden sollte, übergab mir seinen dreißig Mann zählenden Haufen, und somit war ich gleich Stützpunktkommandant.

Ich bekam einen Wohnwagen für mich allein, meine vier Unteroffiziere einen gemeinsam, bloß die Soldaten, die armen Deiwels, mußten in Zelten hausen. Das gefiel mir nu gar nich, und das mußte sofort geändert werden. Ich erkundigte mich wo die nächste Einheit der Organisation Todt liegt, nahm Verbindung mit ihr auf und veranlaßte, daß sie eine große Baracke mit mehreren Räumen, wie Küche, Vorratsraum und Kantine, baut. Da für uns das Wasser immer in Tankwagen angekarrt werden mußte, ließ ich noch gleich einen Brunnen bohren.

Schließlich blieb vom Barackenbau Material übrig, das nutzten meine Soldaten dazu, eine Badeanstalt – weil wir doch jetzt Wasser hatten – zu bauen und einen Stall. Zusammen mit meinem diensttuenden Maat, der perfekt französisch und sogar bretonisch sprach, hatte ich bereits Kontakt mit den Bauern in der Umgegend aufgenommen und sie gefragt, ob wir von ihnen Vieh kaufen könnten. Das hatten se zugesagt, und als der Stall fertig war, ging das bei uns beinah' so zu wie auf einem Bauernhof. Wir hatten Kühe, Schafe, Hühner, Gänse und Enten, und sogar ein Pferd. Nich bloß, daß wir jetzt sprichtwörtlich „wie der Herrgott in Frankreich" lebten, ich hatt' dabei auch einen Hintergedanken: Könnt' ja sein, daß wir mal eingekesselt werden, dann könnten wir uns mit dem Viehzeug einige Zeit über Wasser halten.

Meine zwei Köche, davon war einer ein Österreicher, waren auch auf Zack: Sie ließen durch Mundpropaganda verbreiten, daß bei uns in der Kantine gut und preiswert gegessen werden kann. So tanzte bei uns nich nur manche

U-Bootbesatzung an, um sich ihren Bröch mit geschmurjelten Hühnerchen, Enten oder Spirgel vollzuschlagen, auch die umliegenden militärischen Einheiten nahmen unser Angebot an. Für das eingenommene Geld kauften wir wieder neu bei den Bauern ein, und was übrig blieb kam in die Kasse, um Dorfgemeinschaftsabende zu veranstalten. Dazu luden wir unsere bretonischen Bauern mit Familie ein, und diese Abende wurden immer sehr gemütlich und besonders feucht. Wenn es auch mit der Sprache nich so ganz klappte, aber „prost" lernten die Bauern sehr schnell, und wir „à votre santé". So trugen wir nich nur zur Völkerverständigung bei, auch hierbei hatt' ich einen Hintergedanken: Sollte die Sache schiefgehn, würden uns diese Bauern nich abmurksen.

Fuhren meine Kameraden in Urlaub, wurde in Brest eingekauft: Spirituosen, Parfüm, Schmuck, Kleider und Pelze, und von den Bauern Naturalien. Gab noch alles dort, außer Salz; das gab es komischerweise nich. Und das wiederum brachten die Landser aus Deutschland mit. Gabst Salz, konntst in Frankreich alles kriegen.

Meist einmal im Monat kamen zu uns auch sogenannte Künstler zur „Wehrmachtsbetreuung". Manchmal konntst auch denken, daß das Wort „Kunst" von Kunsthonig kommt. Ein Klavier hatten wir in der Kantine zu stehn, billig gekauft, dann hämmerte son komischer Onkel auf de Tasten, und paar Marjellens machten ihr tralala oder hopsten uns was vor. Zwischendurch machte meistens ein Conferencier seine Witzchen, manchmal kam auch ein Zauberer mit. War jedenfalls immer eine ganz schöne Abwechslung für uns, sonst passierte ja nuscht.

Bis der Juni 1944 kam, da aber gleich richtig. Wir krichten son Dunst, daß unsere Uhren stehnblieben. Die Invasion hatte begonnen. Die Engländer und Amis ballerten wie verrückt, wir mußten unseren schönen Bauernhof verlassen und uns zurückziehen. Eigenartigerweise hörte die Ballerei zum Abend hin immer auf, es wurd' totenstill.

Zu uns war ein Unteroffizier gestoßen, der frisch von der Ostfront gekommen war, hatte das EK I und Sturmabzeichen; war auch sonst ein ganz aufgewecktes Jungchen. Er sagte zu mir:

„Was meinen Sie, wenn wir beide während der Waffenruhe im Dunkeln einen Gegenstoß machen. Dort vorn der Bunker wäre gut geeignet dafür, den werden wir ausheben. Ich nehme den vorderen, Sie den hinteren Eingang." Nu wollt' ich ja kein Feigling sein, „Is geritzt", sagte ich, „ich mach' mit."

Als es dunkel war, pirschten wir uns beide, vorbei an unserer Infanterie, die in ihren Schützenlöchern lag, heran an den Bunker. Der Unteroffizier sprang forsch zum Eingang runter, – ein Schuß, und er fiel um. Wie es sich nachher rausstellte, hatte er einen Bauchschuß erhalten, aber er lebte. Jetzt wuchs ich wahrhaftig über mich selbst hinaus. Ich weiß auch nich, ich hatt' nich e bißche Schiß, ich schrie: „Come on – lets go – hands up!" Und dann deutsch: „Parole bekannt – Parole bekannt – Parole bekannt." Die Amis sollten denken, sie sind von Deutschen umstellt. Und was soll ich sagen, die kamen tatsächlich alle rausgekrochen aus dem Bunker mit erhobenen Händen. Es war ja dunkel, und so konnten die nich sehn, daß da bloß ein einsamer Held stand. Aber die Kameraden von der Infanterie hatten schnell mitbekommen, was da lief und kamen mir zu Hilfe.

So konnt' ich meinem Kapitänleutnant zwanzig Gefangene melden. Mit einer Begleitmannschaft mußte ich sie nach Brest bringen und lieferte sie bei den U-Bootbunkern ab. Meinen verwundeten Kumpel hatten die Gefangenen auf einer Trage mitnehmen müssen, er kam sofort in ärztliche Behandlung.

Als ich, total übermüdet, zu meiner Einheit zurückkam, sagte mein Kapitänleutnant, daß ich einen gewissen Leutnant Breuer ablösen müsse, der einen Abschnitt aufgegeben hatte, obwohl es noch nicht so weit war. „Gibt der Kerl doch einen Funkspruch durch ‚wir können die Stellung nicht halten. Es lebe der Führer!'", entrüstete sich mein Chef. Ich sträubte mich gegen seine Anordnung, ich konnt' mich vor Müdigkeit wirklich nich mehr auf den Beinen halten; aber half nuscht, ich mußte den Befehl befolgen.

So ging ich zum Unterstand des Leutnants, die Amis griffen gerade wieder an. Ich sagte ihm, daß ich auf Befehl des Kapitänleutnants seine Stelle einnehmen muß und schickte ihn nach draußen. Ich haute mich erstmal hin und war auch gleich eingeschlafen.

Dann wurd' ich aber ziemlich unsanft geweckt. Ein baumlanger Neger buggerte mich mit dem Gewehrkolben inne Rippen: „Come on – hands up!" Für mich war der glorreiche Krieg zu Ende. –

Ordenhändler in Amerika

Zunächst wurd' ich, zusammen mit anderen Soldaten, in ein Gefangenenlager innerhalb Frankreichs gebracht. Auf freiem Feld mußten wir in Zelten hausen, bei Regen war das ganze Lager ein einziger Modder, aber mit der Verpflegung ging es einigermaßen. Dann ging es ab nach England, wo wir etwa zwei Monate in Wellblechkaluppen untergebracht waren, bis wir von Liverpool aus nach Amerika eingeschifft wurden. Hätt' ich mir auch nich träumen lassen, daß ich, der ich bei der Marine war, mein erstes Schiff als Gefangener betreten werd'.

Trotzdem – die Überfahrt war ganz interessant. Wir konnten uns auf dem Schiff frei bewegen, schliefen in Hängematten, und die Verpflegung war auch gut. Bald hatten wir spitz gekricht, daß im untersten Deck amerikanische Kriegsdienstverweigerer untergebracht waren, hauptsächlich Schwarze. Wenn diese Leute auch nich wußten was sie an Strafe erwartet, überlebt hatten sie. „Lieber ein lebender Feigling als ein toter Held", lachten sie. Und diese Amis waren ganz scharf auf unsere Orden und Rangabzeichen; war ja klar, daß zwischen denen und uns auf Deiwel komm raus geschachert wurde. Die Bezahlung erfolgte in Zigaretten.

Ich weiß nich mehr wie lange die Überfahrt gedauert hat, aber als wir im Hafen von New York ankamen und den Gruß der großen Freiheitsmadam entgegennahmen, kamen wir uns doch ganz schön verhohnepipelt vor, vonwegen „Freiheit". Das merkten wir dann auch gleich, als wir an Land kamen und zur Kontrolle mußten. Wir wurden gefilzt bis zum Geht-nich-mehr: Papiere, Briefe, Fotos und Messer sowieso – alles wurd' uns abgenommen. Und wir mußten zur Entlausung! Alles was wir anhatten kam in den großen Heißluftofen. Da hatte einer eine Lederjacke abgegeben, und als er die danach wieder in Empfang nahm, war die so zusammengeschrumpft, daß se man gerade noch einem Affen gepaßt hätt'.

Nach der Entlausung wurden wir alle in den Zug vefrachtet. Aber in was für einen – in einen Pullmannzug! Wie die Großfürsten saßen wir in den Salonwagen und ließen uns Tag und Nacht durch Amerika kutschieren. Bis nach Texas.

Dort kamen wir in ein sogenanntes „Nichtarbeitendes Lager", das heißt, ab Maat bzw. Unteroffizier brauchte zu der Zeit in Amerika sowieso niemand arbeiten.

Dann aber kam ich doch zu einer Arbeit, wie e Jungfrau zum Kind: Ich hatte, als wir nach unserem Beruf gefragt wurden, „Konditor" angegeben. Eines Tages rief mich der deutsche Lagerkommandant zu sich. Der war früher Gauredner von Aachen gewesen und ein ganz scharfer Hund.

„Sie haben als Beruf ‚Konditor' angegeben. Sind Sie wirklich Konditor?" fragte er mich.

„Ja, das bin ich", antwortete ich.

„Dann ernenne ich Sie hiermit zum Küchenchef. Ändern Sie die unhaltbaren Zustände, die dort herrschen."

Diese unhaltbaren Zustände hatten sich daraus ergeben, daß sich bei unserer Ankunft im Lager Leute für die Küche gemeldet hatten, die vielleicht mit Hammer und Meißel umgehen konnten, aber vom Kochen keine Ahnung hatten. So hatten die manchmal einen Fraß zusammengekocht, daß dem Hund graulen konnt'.

Als erstes führte ich ein, daß jeder Gefangene zu seinem Geburtstag eine Torte erhielt. Zutaten dafür waren reichlich vorhanden. Meine Aufgabe war es ja auch, die Lebensmittel zu bestellen, und zwar lieferten Privatfirmen diese an. Geschäftstüchtig wie die Leutchen waren, wollten sie bei uns möglichst viel absetzen, wurd' ja alles von der Lagerleitung bezahlt. Mehl hatten wir z. B. so viel, daß wir damit sogar die Felder unseres Fußballplatzes markieren konnten. Bei jedem Spiel neu.

Alle, die wir arbeiteten, bekamen 24 Dollar im Monat. War eine feine Sache, und ich muß sagen, wir lebten nich schlecht.

Als der Krieg zu Ende war, wurde ich nach Maryland verlegt. Wie es zu Hause aussah, ob der Feind in Deutschland einmarschiert oder die Front zum Stillstand gekommen war, hatten wir vorher nich gewußt, kein Aas hatte uns was darüber gesagt. Nur die üblichen Scheißhausparolen waren im Umlauf. Eine davon war, daß die Amerikaner gegen die Russen Front machen und wir wieder dazu gebraucht werden würden. Nach Hause hatten wir schon schreiben dürfen, aber erst nach Ende des Krieges erhielt ich von meiner Frau das erste Lebenszeichen. Von da an ging die Post regelmäßig.

In Maryland gab es keinen Unterschied mehr zwischen den einzelnen Dienstgraden, wir sollten jetzt alle arbeiten. Durch eine Unterschrift sollten wir uns dazu verpflichten, daß wir gewillt sind zu arbeiten. Zuerst weigerte ich mich zu unterschreiben, aber schließlich war der amerikanische Offizier der Stärkere, und ich unterschrieb. Ich wurd' einer Tischler-Brigade zugeteilt, aber arbeiten? Nei – ich dachte gar nich dran! Ich haut' mich hinter einen Schrank in der Werkstatt und pennte. Son langes Gerebbel von GI entdeckte mich, und es ging ab in den Kahn bei Wasser und Brot.

Die einzige Unterhaltung die mir geboten wurd', lag auf dem klabastrigen Tisch: Eine Bibel und ein Wörterbuch Englisch-Deutsch. „Lernst Englisch sprechen", dacht' ich mir. Bißchen von der Sprache war ja bei mir noch von der Schule hängengeblieben.

Wie ich nu so dahuck und versuch', die Vokabeln in meinen Deez reinzukriegen, geht die Tür auf, und ein kleiner abgebrochener Riese in Matrosenuniform kommt rein. Wie es sich herausstellte, war das ein Kraxlhuber, ein Österreicher. Ich freute mich, daß ich Gesellschaft bekam.

„Was hast denn ausgefressen“, fragt’ ich ihn.

„Überhaupt nix.“

„Na, du kommst doch nich wegen nuscht in den Knast!“

„Könnt’ vielleicht sein, daß i d’ Oarbeit verweigert hoab“, grinst er. So hatten wir zwei Gleichgesinnten uns gefunden.

Bald hab’ ich ihm das Wörterbuch inne Hand gedrückt und gesagt, er soll mich abhören, ich will Englisch lernen. Geduldig hörte er mich ab, und in diesen vierzehn Tagen, in denen ich im Knast saß, hab’ ich so viel gelernt, daß ich, als ich wieder draußen war, Dolmetscher wurd’. Der Lagerkommandant hatte gefragt, wer von uns gut Englisch kann, und da hatte ich mich gemeldet. Zu dolmetschen gab es aber auch nich viel, die meisten Jungs konnten sich schon ganz gut verständigen.

Hier bei den Tischlern beschloß ich, eine Idee umzusetzen, die mir schon seit längerer Zeit im Kopf rumspukte. Von der Schiffsüberfahrt her wußt’ ich doch, wie scharf die Amis auf unsere Orden waren. Warum also nich welche anfertigen und diese an die Amis verkloppen? Mit einigen handwerklich besonders begabten Jungs bekakelte ich die Sache, wie und woraus man die herstellen könnte. Wir kamen zu dem Ergebnis, daß Zahnpastatuben das beste Material dafür wären. Also sammelten wir leere Zahnpastatuben. Das ging uns aber zu langsam, wir kauften für ein paar Cent noch Tuben aus der Kantine hinzu und drückten den Schmadder raus. Nu wurden die Tuben eingeschmolzen und in kleine Holzformen gegossen, die die Jungs in der Tischlerei extra dafür angefertigt hatten. Die Hauptsache für die Amis war, daß die Orden schwarz-weiß-rot waren und ein Hakenkreuz darin enthalten war.

Also pinselten wir sie mit Farbe an, vorher wurd' in die weiche Masse ein Hakenkreuz reingedrückt. Ein besonderer Clou war noch ein zusätzliches Wappen. Einer von uns hatte noch eine alte Parfümflasche mit einem Glasstöpsel, auf dem ein Wappen erhaben eingeprägt war, den Dubbas drückten wir auch noch rein.

Und mein Handel mit den Dingern florierte, wir kamen kaum mit Nachschub nach. Die Amis müssen wohl ihre ganze Verwandtschaft, Freunde und Nachbarn damit versorgt haben. Wenn ich denen hinter vorgehaltener Hand noch zuflüsterte, daß der Orden von Hitler persönlich verliehen worden is,strahlten die wie e Johannisfeuer.

Für einen Orden erhielt ich fünf Stangen Zigaretten oder eine Büchse Kaffee. Die Jungs bekamen für ihre Arbeit ihren Anteil, den Rest schickte ich zu meiner Frau in den Spreewald, und zwar über die Schweiz. Bevor wir die Pakete zumachten, wurden se kontrolliert. Lebensmittel und Zigaretten waren eigentlich verboten zu schicken; aber so genau nahmen die Amis das gar nich. Vorsorglich wickelte ich die Zigaretten und den Kaffee immer in Unterbixen; d. h. es war eine Unterwäsche-Kombination, wie ein Strampelanzug, nur vorne und hinten offen. Wir mußten die Unterwäsche immer in schwarzer Farbe mit POW (Prisoner of War) zeichnen, ich zeichnete meine immer mit Schuhwichse, damit meine Frau das auswaschen konnt'. Obenauf packte ich immer paar Bücher, aber sicherlich wußten die Kontrolleure was unter den Büchern war. Nach der Kontrolle nähte ich alles in Sackleinen, geschnitten aus Säcken, in denen die Nährmittel angeliefert wurden. Oben schrieb ich groß „Musikinstrumente" rauf. Alle Pakete sind angekommen.

Meine Frau schrieb mir, daß der Briefträger, immer wenn ein Paket angekommen war, zu ihr gesagt hatte: „Frau Thews, ein Musikinstrument ist wieder angekommen." Der gute Mann wird sich wohl gewundert haben, was meine Frau mit so vielen Musikinstrumenten macht. Und sie schrieb mir auch, daß das Paketauspacken immer vor versammelter Belegschaft vonstatten geht und daß sie dazu stets eine Kerze anzünden. War eine ganz feierliche Zeremonie gewesen.

Als „Bauernfänger“ in Schleswig-Holstein

Eines Tages dann war mit der ganzen Herrlichkeit Feierabend, wir wurden alle nach England abgeschoben. Ich saß noch mit einem ganzen Haufen Zigaretten da, zum Abschicken war keine Zeit mehr, aber dalassen wollt' ich se auch nich. So packte ich die Zigaretten in meinen Seesack, obenauf legte ich eine Bibel und ein Kruzifix. Wir hatten doch des öfteren inne Kirche gehn müssen, und die Katholiken hatten uns mit Bibeln und den Dingern zum Zupfen – heißen wohl „Rosenkranz“ – versorgt. Bevor wir aufs Schiff gingen, wurden wir gefilzt. Ich öffne meinen Seesack, der Posten sieht mein heiliges Beigepäck. „You are churchman?“ „Yes“, sag ich, und er läßt mich passieren. Ebenso hatte das noch ein Kumpel von mir gemacht, er hatte die gleichen Utensilien raufgepackt, und wir waren die einzigen aus unserem Haufen, denen nuscht abgenommen wurde. Ein Glück, daß nich alle diese Idee gehabt hatten, sonst wär' die Sache wohl schief gelaufen.

In England, wieder in Liverpool angekommen, wurden wir in ein Camp bei Pendrith/Cumberland verfrachtet. War ein vergammeltes Schloß in den Bergen, abgelegen wie „beim Deiwel auf de Rinn“, bloß Ziegen und Schafe liefen da rum. Und ein Offiziers-Antifa-Lager war das. Ausgerechnet ich, der ich mal Ortsgruppen-Propagandaleiter gewesen war, war jetzt ein Antifaschist! Aber noch so einen Vogel traf ich dort an: den Leutnant Breuer, der damals bei Brest seine Stellung vorzeitig aufgegeben hatte und den Führer hatte hochleben lassen. Jetzt war auch er Antifaschist.

Ungefähr nach einer Woche merkte ich, daß wir von der Lagerleitung behumpst werden. Laut Genfer Konvention – die wir ja alle in- und auswendig kannten – sollten uns zwölf Schilling pro Woche zustehen, wir erhielten aber nur neun. Ich pilgerte zum deutschen Lagerkommandanten, der sich „Fürst von Urach“ nannte. Wir mußten ihn immer mit „Durchlaucht“ anreden. In ganz höflichem Ton sag' ich, daß ich das nich richtig finde, was hier mit uns gemacht wird, man sollte sich doch, bitteschön, an die Genfer Konvention halten.

„Aber, Herr Kamerad“, so sprach er uns immer an, „Sie haben doch hier eine ganz andere Unterkunft als andere Gefangene ...“ „Ach Gottchen, wenn Sie wüßten wie wir in Amerika gelebt haben“, sag' ich, „da ist das hier ein Dreck dagegen.“ Und ich bestand darauf, daß wir unsere zwölf Schilling erhalten. Vielleicht war ich ein bißchen laut geworden, jedenfalls hatte sich das herumgesprochen, daß da einer aus Amerika gekommen is, der sich nuscht gefallen läßt, und ich wurde von den Kameraden zum Oppositionsführer ernannt. Bei der nächsten Löhnung erhielten wir wieder nur neun Schilling, und nu wurd' ich dreibastig: Ich stellte einen schriftlichen Antrag, ließ die Kameraden alle unterschreiben, daraufhin bekamen wir unsere zwölf Schilling.

Im Oktober 1946 kam ich dann noch für vier Wochen in ein Schulungslager, wo wir auf unsere Entlassung nach Deutschland vorbereitet wurden. Am 13. November wurde ich als „Antifaschist“ entlassen.

In Hamburg angekommen, treff' ich doch gleich am Hafen einen Bekannten aus Zinten. Heinrich hieß er und war der Sohn eines dortigen Kaufmanns. Gab natürlich eine freudige Begrüßung zwischen uns, und ich erzählt' ihm, daß ich gerade aus der Gefangenschaft komm' und einen Job brauch'.

„Mensch, Herr Thews, schade – schade“, sagte er und schlackert mittem Kopp.

„Wieso? Was is schade?“

„Na, Sie waren doch Nazi ...“

„Aber ich bin als Antifaschist entlassen worden, und das hab' ich sogar schriftlich", trumpfte ich auf.

„Na, das is natürlich was anderes, ja, das is sogar großartig, das paßt! Verstehn Se was von Landwirtschaft?"

„I wo – davon versteh' ich nu gar nuscht."

„Macht nuscht, das können Se lernen. Haben Se einen Führerschein?"

„Ja, den hab' ich."

„Sprechen Se Englisch?"

„Aber ja, ich war sogar Dolmetscher in Amerika."

„Ich denk', da werd' ich was für Sie machen können. Hier haben Se meine Adresse, melden Se sich in den nächsten Tagen bei mir."

Dieser Heinrich hat es doch tatsächlich geschafft, mich als Fahndungsinspektor bei der englischen Militärregierung anzubringen. Wie der das gedeichselt hat, is mir heute noch schleierhaft, denn Heinrich war genau auf der Gegenseite: Er schob und schacherte mit allem Möglichen auf Deiwel komm raus. So war er auch, als ich ihn am Hafen getroffen hatte, dort gewesen, um von den Besatzungen der einlaufenden Schiffe Zigaretten und Kaffee einzuhandeln. Bei der englischen Militärregierung, die dafür sorgen mußte, daß die deutsche Zivilbevölkerung was zum Beißen hatte, gab es eine Abteilung, die sich „Informations-Sektion" nannte, sie war für die Schwarzmarktbekämpfung zuständig. Und ausgerechnet hier war ich gelandet.

„Heinrich, wie soll ich das bloß gutmachen, daß du mir diese Stelle verschafft hast", sagte ich zu ihm. Ich fühlte mich in seiner Schuld.

„Wart' ab, ich werd' schon mal auf dich zukommen", schmunzelte er.

Naheliegend wär' ja gewesen, daß ich nach meiner Entlassung schnurstracks nach Hause zu meiner Familie gefahren wäre, aber da der Spreewald zur sowjetisch besetzten Zone gehörte und ich Parteigenosse gewesen war – wenn auch ausgetreten und jetzt entnazifiziert – traute ich dem Frieden nich. „Tru dem Uhl, ös uck e Voagel", sagte ich mir und wartete erst mal ab, wie die Dinge sich entwickeln.

Ich bekam einen schicken BMW zur Verfügung gestellt, denn meine Aufgabe war, zu den Bauern in Schleswig-Holstein zu fahren und zu prüfen, ob ihre Angaben, die sie über ihren Viehbestand gemacht hatten, stimmen. Gleich beim ersten Bauer, den ich überprüfte, stellte ich fest, daß er 22 Kühe im Stall zu stehen hatte, obwohl er nur 15 angegeben hatte.

„Dä andere Keej stoahne dreej", sagte der Bauer.

Ich wußt' gar nich was der damit meint, ich dachte, die Kühe müssen doch immer trocken stehen. Der nächste Bauer, ein Gutsbesitzer, klärte mich dann ein bißchen über Landwirtschaft auf, so auch, daß die Färsen – in Ostpreußen sagten wir Sterken dazu –, also die Jungkühe die noch nicht gekalbt hatten, keine Milch gaben und daher „trocken" standen. Ebenso standen auch trächtige Kühe mehrere Monate vor dem Kalben trocken.

Ich wurde nur zu den Bauern hingeschickt, wo der Verdacht bestand, daß sie nicht genügend Milch abliefern. Und wenn der Verdacht sich bestätigte, machte ich den Bauern Dampf unterm Zagel: „Passen Sie mal auf", sagte ich dann, und ich hatt' Mühe, mir das Lachen zu verkneifen, „Ihre Kühe geben so wenig Milch, ich werde dafür sorgen, daß Sie die Kühe abliefern müssen und dafür Ziegen bekommen, die fressen weniger."

Als se das Wort „Ziegen" hörten, fingen se an zu weimern,

daß ich das doch nich machen könne und daß die Flüchtlinge sie so oft beklauen ...

“Hören Sie auf“, sagte ich ärgerlich, „jammern Sie doch nicht, dazu haben Sie überhaupt keinen Grund, Sie haben doch schon Teppiche bis in den Kuhstall zu liegen. Übrigens bin ich auch Ostpreuße.“

„Ach – aus Ostpreußen sind Sie, kommen Sie, darauf müssen wir gleich einen zur Brust nehmen“, wollten se gleich auf pannebratsch machen. Aber darauf ließ ich mich nich ein.

„Sie zahlen Ihre Strafe“, erwiderte ich energisch. „Schikken Sie das Geld an die Kreisbauernschaft, Sie erhalten dann eine Quittung, und in Zukunft liefern Sie Ihre Milch der Anzahl der Kühe entsprechend ab.“

Die Bauern kamen jetzt ihren Verpflichtungen nach, und der Molkereibesitzer freute sich, daß er daraufhin mehr Milch verarbeiten konnte. Er wollt' sich mir gegenüber wohl erkenntlich zeigen und verwöhnte mich regelrecht mit Butter und Schmand. Was sollt' ich nu bloß mit dem Segen anfangen, ich wollt' doch nich an Herzverfettung eingehn, so bracht' ich alles zu den Leutchen ins Flüchtlingslager und machte große Freude damit. Auch Mehl, das ich bei den Bauern geschnorrt hatte, bracht' ich ihnen zum Stollenbacken, als es auf Weihnachten zuging. Dabei half ich ihnen sogar.

War eigentlich eine herrliche Zeit für mich. Nich nur, daß ich einen Wagen zur Verfügung hatte, man hatte mir auch eine Wohnung in einer Villa in Heide besorgt; so konnt' meine Frau, die mich ein paarmal besuchte, bei mir wohnen. Bei ihrem ersten Besuch konnt' ich ihr die Zigaretten, die ich noch von Amerika her bei mir hatte, mitgeben. Als sie mir sagte, daß sie die Zigaretten immer das Stück für zehn bis zwölf Mark verkaufte, war ich ganz entsetzt. „Du kannst die Leute doch nich ausnehmen wie eine Weihnachtsgans", schimpfte ich. Als Leni mir dann aber sagte, daß z. B. ein Paar Schuhe sieben- bis achthundert Mark kosten, und auch andere Preise nannte, hatte ich Verständnis.

Heinrich, der mir die einträgliche Stellung besorgt hatte, kam dann eines Tages wirklich auf mich zu, wie er es damals angedeutet hatte.

Er sagte zu mir: „Fahr am Dienstagabend zum Dorf ... (den Namen hab' ich vergessen), am Dorfrand werd' ich auf dich warten, da pack' ich dir denn was in den Kofferraum."

Nuscht Böses ahnend tat ich ihm den Gefallen und fuhr zu der verabredeten Stelle. Heinrich stand schon da, so viel ich im Dunkeln erkennen konnt', hatte er einen gefüllten Sack neben sich stehn. Ich öffnete die Kofferhaube und setzte mich wieder in den Wagen. Plötzlich merk' ich, wie sich der Wagen hinten bedrohlich nach unten senkt. Was hatte der Heinrich mir da für ein schweres Ding reingepackt? Ich steig' aus, kuck nach, befühl den Sack – da hatte mir doch der Lachudder ein ganzes Schwein reingepackt!

„Hör mal", sag ich, „davon darf ich aber nuscht wissen, das weißt doch!"

„Na – deswegen wollt' ich dir doch auch gar nuscht sagen!"

Wie Heinrich mir dann erzählte, sollt' das Pochelchen nach Hamburg, aufem Schwarzmarkt wollt' er es verkaufen.

Kurz vor Hamburg is Straßenkontrolle, die Polizei hält uns an. Im stillen denk' ich „Was krauchst auch aufen Maskenball ohne Billet, nu is Feierabend, jetzt haben se dich beim Krepschull".

„Was haben Sie im Kofferraum? Öffnen Sie bitte“, sagt der eine Uniformierte.

„Hier ist erst mal mein Ausweis, junger Mann“, sag’ ich, „ich bin Fahndungsinspektor bei der englischen Militärregierung. Ich habe gerade ein Schwein beschlagnahmt und bin auf dem Weg nach Hamburg, um es bei meiner Dienststelle abzuliefern.“ Ich konnt’ bloß hoffen, daß die mir das glaubten.

„Ist in Ordnung, Sie können weiterfahren“, hörten wir. Aber weiterfahren ging nich, mein Wagen sprang nich an. Die Polizei, dein Freund und Helfer, schob uns dann noch den Wagen samt Schwein an, und wir waren aus der Bredouille.

Im Mai 1947 war mit meinem schönen Job Schluß, ich sollte von der Polizei übernommen werden, als Oberinspektor. Meine Aufgabe wär’ jetzt gewesen, die Züge zu kontrollieren, in denen die Leute auf Hamstertouren fuhren. Da machte ich nich mit! Ich packte meinen Pungel, huckte mich auf die Bahn und fuhr nach Hause in den Spreewald. An der Grenze hatt’ ich keine Schwierigkeiten, ich hatt’ ja meinen Entlassungsschein aus der Gefangenschaft.

Herzenswunsch erfüllt: Kinobesitzer

Noch während ich in Amerika gewesen war, hatte meine Mutter mir geschrieben, daß sie wieder geheiratet hat, und zwar den Bruder meines Vaters. Das war mein Onkel, bei dem ich einst die Bonbon gekocht hab'. War mir gar nich so unlieb die Heirat. Die beiden waren aus Ostpreußen nach Geroburg geflüchtet und hatten während meiner Abwesenheit Leni im Geschäft geholfen.

Als ich nu zu Hause auftauchte, gab natürlich das übliche Trara, aber als ich nu vor meinem Stiefvater stand, wurd' ich direkt e bißche verlegen; Erbarmung – wie red' ich ihn an? Vater oder Onkel? Was hatte meine Mutter mir da bloß eingebrockt! Schließlich einigten wir uns darauf, daß ich ihn mit „Fabian", also seinem Nachnamen anred'.

Meine Frau hatte nach dem Krieg die Konzession erneuern müssen, wie überhaupt alle Prüfungen, auch die für den Führerschein, wiederholt werden mußten. Wie Leni mir erzählt hatte, war sie, um die Konzession zu erhalten, im Dorf vor eine Kommission geladen worden, die aus lauter neu gebackenen SED-Leuten bestand. Heinis, die früher nich mal ihr Brot bezahlen konnten und Schulden wie ein Major hatten, waren jetzt die Obermimer. Und denen mußte meine Frau Rede und Antwort stehn. Da sie aber nich in der Partei gewesen war und auch sonst nichts gegen sie vorlag, wurde ihr die Konzession erteilt.

Mein Onkel-Vater Fabian, der ja Bäcker- und Konditormeister war, hielt die Backstube bestens in Schuß, meine Frau, zusammen mit meiner Mutter, schmissen den Laden, ich kam mir direkt e bißche überflüssig vor. „Jetzt machst endlich dein Kino auf", entschloß ich mich. Und gedacht – getan. Ich kuckt' mich erst mal nach einem geeigneten Saal um, und den fand ich in Straupitz, einem Nachbardorf, beim Gastwirt Mattern. Er verpachtete mir den Saal, ich mußte mich aber dazu verpflichten, den Saal für besondere Veranstaltungen zur Verfügung zu stellen. Der Saal faßte über zweihundert Plätze. Wir konnten aber nur 199 anmelden, ab 200 Plätze hätten wir eine extra Notbeleuchtung haben müssen, die über Akkus betrieben werden. Das war mir zu teuer.

Den Saal hatt'ich jetzt, aber ich brauchte ja auch ein Vorführgerät, eine Tonanlage und Leinwand. Das hat mich auch noch ein hübsches Summchen gekostet. Aber wer hätt' das gedacht – ich konnt' gar nich so schnell kucken, da hatt' ich das Geld wieder eingespielt; obwohl wir nur Freitag, Sonnabend und Sonntag Vorführungen hatten. Immer waren alle Plätze ausverkauft. Das Kino war direkt eine Sensation, und die Leute aus den umliegenden Dörfern strömten ins Kino, als würden die Vorstellungen am nächsten Tag verboten .

„Thews", sagte ich mir, „hier is eine Marktlücke, da stößt rein wie e Haafke". Und bald kaufte ich ein Kino in Burg – das lief auch vor- und rückwärts –, in Vetschau das dritte und schließlich in Cottbus das vierte Kino. Dabei blieb es aber nich, wir gingen noch mit sogenannten Wanderkinos über die Dörfer. Schließlich fuhren wir mit vier Autos 160 Dörfer an und gaben unsere Vorstellungen. Das ging dann so vor sich: Etwa zwei Stunden vor der Vorstellung fuhr ein Wagen durch die Dörfer und gab über Lautsprecher bekannt, daß heute Abend im Krug XY Kino gibt und z. B. Marika Röck oder „Die Dritte von rechts" tanzt. Die Bauern hörten das, ließen meistens alles stehn und liegen, zogen sich um und kamen zu dem Ereignis.

Bei den westlich importierten Filmen waren die Säle immer gerammelt voll, aber leider war uns zur Auflage gemacht worden, 25 % sowjetische oder Defa-Filme zu spielen. Damit waren die Zuschauer weniger zu begeistern. So erfüllten wir unser Soll, indem wir Kindervorstellungen für die Schule gaben, für dreißig Pfennig pro Schüler.

Die Filme erhielten wir über eine Stelle, die sich „Sow-Export-Filmverleih" nannte. Es war wichtig, sich mit den Herren vom Filmverleih gut zu stellen, damit man publikumswirksame Filme erhielt. Wie es damals so war: Eine Hand wusch die andere. Und so luden wir die Herren des öfteren ein, ein Wochenende bei uns im Spreewald zu verbringen, mit Vollpension versteht sich. Zwei Fremdenzimmer hatten wir ja. Nach ähnlicher Methode konnten wir auch unsere vier Autos immer in Schuß halten, zur Reparaturwerkstätte wanderte so mancher Korb Spargel oder von unseren Ladenmädchen gesammelte Pilze. Spicken mußtest überall, ohne dem lief nuscht.

Natürlich konnt' ich unser Unternehmen, als es so große Ausmaße angenommen hatte, nich allein bewältigen. Wir hatten mehrere Filmvorführer einstellen müssen. Im großen und ganzen lief alles prima, damlich war man bloß wenn plötzlich Stromsperre kam. Für die Wanderkinos hatten wir zum Teil eigene Aggregate, die mit Benzin betrieben wurden und hinten am Auto angehängt waren. Außer dem Kino in Vetschau waren wir auf elektrischen Strom angewiesen. Kam dann Stromsperre, hieß es, die Zeit zu überbrücken bis sie vorbei war. Das dauerte bis zu zwei Stunden. Da mußtest ganz schön was auf der Platte haben, wolltest nich, daß de Leute aus dem Saal rannten. Obwohl – bezahlt hatten sie ja schon, aber die Leute sollten doch beim nächsten Mal wiederkommen.

So wurden schießlich meine Vorführer und ich noch zum Entertainer. Bei Kerzenschein gaben wir eine extra Vorstellung. Im Winter waren die Säle meistens ungeheizt, dann entschuldigte ich mich zuerst dafür. „Ich hab' zwar die Kohlenbezugsscheine, aber der Kohlenhändler hatte keine Kohlen", sagte ich. Schon hatt' ich die ersten Lacher. Dann kündigte ich den nächsten Film an, erzählte was darin alles so passiert, und wenn der Strom immer noch nich da war, fing ich an, Wippchen zu erzählen. Z. B. fragte ich die Leute, ob se wissen, welches Tier einer Frau am ähnlichsten is. „Nei, wissen Se nich", sagte ich, „na der Frosch! Immer hat er kalte Füße, is dauernd am Quaken, is scharf auf Mücken, und immer hat er Angst vorm Klapperstorch." Bis das Publikum ausgelacht hatte, war mir wieder was Neues eingefallen. Es kam vor, daß ich aus dem Saal Zurufe bekam, daß ich weitermachen soll, obwohl der Strom schon da war und der Film weiterlaufen sollte.

Ein Vorführer, der sonst nich bis drei zählen konnt', war in seinem Element, wenn der Strom ausfiel. Er legte eine Reportage vom Fußballspiel oder einem einfahrenden Zug hin, da wär' mancher Reporter vor Neid erblaßt.

Ja, so hätt' es noch ein schönes Weilchen weitergehen können,wenn unser Unternehmen gewissen Leuten nich ein Dorn im Aug' gewesen wär'. Das fing schon damit an, daß unsere Tochter nich das Gymnasium besuchen durfte. Wir hatten nich die richtige Blutgruppe als Kapitalisten.

So blieb uns nuscht anderes übrig, als Uschi in ein sorbisches Internat zu stecken, denn die Marjell war intelligent. (Is ja kein Wunder bei den Eltern.) Die Schüler wurden dort so getrimmt, daß sie in zwei Jahren Sorbisch sprechen konnten und wurden dann in sorbischer Sprache unterrichtet. Sogar Russisch-Unterricht erhielten die Kinder in Sorbisch. Ach – da hatte sich noch ein Ereignis zugetragen: Als Chemnitz in „Karl-Marx-Stadt" umbenannt wurde, kreuzte auch der Ulbricht mit seinem ganzen Bonzengefolge auf. Die Schulmädchen des Sorben-Gymnasiums, alle in Tracht, standen Spalier, und unsere Uschi war dazu auserwählt worden, dem Spitzbart einen Blumenstrauß zu überreichen. „War ganz lustig", erzählte uns Uschi hinterher, „bloß, daß unser Staatsoberhaupt mich mit seiner Spucke naßgemacht hat, als er sich für den Blumenstrauß bedankte, fand ich weniger lustig."

Eines schönen Tages, im Februar 1953, erhalt' ich eine Vorladung, nach Cottbus ins Kulturamt zu kommen. Also mach' ich mich auf die Socken, setz' mich ins Auto und fahr' los. Als ich in Burg bin, halt ich beim Bürgermeister an und frag' den Bürgermeister, ob er nach Cottbus mitkommen will, Da seh ich doch durchs Fenster, daß da ein Auto hält und paar Heinis in „Lederol"-Mänteln aussteigen, alle kuckten nach meinem Auto. „Nuscht wie weg" dacht' ich, ich verdrückte mich durch die Hintertür und rannte zu einem Freund, der paar Häuser weiter wohnte.

Wie ich später erfuhr, waren die Stasi-Leute auf dem Weg zu uns gewesen, hatten mein Autor vor dem Bürgermeisteramt stehen sehen und nach mir gefragt. „Der Thews ist austreten gegangen", hatte der Bürgermeister ihnen geantwortet. Die hatten dann aber wohl schnell mitgekricht, daß ich getürmt bin und waren weiter zu meiner Frau gefahren. Als ich von meinem Freund aus meine Frau anrief, meldete sich eine mir fremde Stimme:

„Wer ist dort?"

Ich schaltete schnell: „Hier ist der Bürgermeister von Gurow. Ich wollte Herrn Thews wegen einer Vorstellung sprechen."

„Herr Thews ist nicht da."

„Wer sind Sie denn?", fragte ich. Undeutlich nuschelte der andere was ins Telefon. Er hatte wohl meiner Frau den Hörer gegeben, sie meldete sich. Sie erkannte sofort meine Stimme.

„Wissen Sie, Herr Bürgermeister, wir können heute abend nicht spielen, es ist etwas dazwischen gekommen."

Nu wußt' ich Bescheid.

Mein Freund, der sich draußen umgehört hatte, kam ganz aufgeregt zu mir: „Du, die sollen um Burg herum alles abgeriegelt haben und sind hier schon mit Suchhunden aufgekreuzt. Da hilft bloß eins, du mußt in den Taubenschlag. Mist leitet nich, da können die Hunde noch so viel schnüffeln."

Erbarmung – mir blieb auch nuscht erspart! Aber was halfs, wollt' ich, daß se mich nich bei de Wischkoll kriegen, mußt' ich mank de Tauben. Ganz bescheiden huckte ich mich in eine Eck', de Tauben gurrten mir was vor, und ein forscher Differt drehte aufgregt mit gespreizten Flochten seine Runden, immer dicht an mir vorbei.

So an zwei Stunden hockte ich im Taubenschlag, da bekam ich Entwarnung. Die Stasi-Leute waren mit ihren Hunden abgezogen. Da kam Peter, ein ehemaliger Lehrling von uns, er hatte erfahren, daß ich gesucht wurde, und wo ich mich aufhielt. Peter war jetzt Fahrer des Obergeremeisters von Cottbus und bot an, mich aus Burg zu bringen.

„Herr Thews", sagte er, „Sie wissen, vorn am Wagen meines Chefs ist ein Stander dran, der Wagen wird bestimmt nicht kontrolliert. Mit dem bringe ich Sie zur S-Bahn nach Königs-Wusterhausen."

Also kletterte ich in den Kofferraum, und der Jung' sauste mit mir ab zur S-Bahnstation. Von da aus fuhr ich nach West-Berlin, zunächst zu meiner Tante, die in der Pariser Straße wohnte.

Meine Frau wurde noch am gleichen Tag verhaftet, unser ganzes Vermögen beschlagnahmt. Der Grund für die Verhaftung war, wäre das nich so ernst gewesen, wirklich lachhaft. Folgendes war vorangegangen:

Laut Aushang sollte in unserem Kino in Vetschau „Das doppelte Lottchen" gespielt werden. Meine Frau wollte den Film vorführen. Etwa eine Stunde vor der Vorstellung war ein Mann von der SED aufgekreuzt und hatte verlangt, daß anstelle des „doppelten Lottchens" der sowjetische Film „Das unvergessene Jahr 1919" gespielt werden sollte. Bereits am Tag zuvor hatten wir diesen Film gespielt, und zwar hatte die Partei von uns vierhundert Karten gekauft und diese an Betriebe vergeben. Gekommen waren aber nur vierzig Besucher. Nun sollte der Film, der noch nicht an den Verleih zurückgegangen war, noch einmal gespielt werden; also für die Leute, die eigentlich „Das doppelte Lottchen“ sehen wollten und dafür auch bezahlt hatten. Meine Frau sagte dem SED-Mann, daß das nicht ginge, was angekündigt ist, muß auch gespielt werden. „So ein wertvoller Film wie „Das unvergessene Jahr 1919“ müsse doch dem Volk vermittelt werden, dagegen ist doch der andere Film der größte Mist“, faselte der Heini.

Meine Frau ließ sich darauf trotzdem nich ein, und der Genosse machte daraufhin den Vorschlag, zuerst den sowjetischen Film zu spielen, danach den deutschen.

„Das geht auch nicht. Für ein Eintrittsgeld dürfen nicht zwei Filme gezeigt werden, das würde eine Konventionalstrafe von fünfhundert Mark kosten. Wenn Ihre Partei oder die Gemeinde diese an die Abrechnungsstelle bezahlt, mache ich das; aber dann will ich das von Ihnen schriftlich bestätigt haben, daß ich unter Zwang gehandelt habe“, gab ihm meine clevere Frau zur Antwort.

Der Bürgermeister von Vetschau wurde angerufen, kam, unterschrieb die, inzwischen von meiner Frau in dreifacher Ausfertigung geschriebene Erklärung, und war auch bereit, die fünfhundert Mark zu bezahlen. Noch am gleichen Abend schickten wir die Schreiben an drei Stellen, die für diesen Vorfall zuständig waren. Das sollte unser Glück sein, wie es sich nach einem Vierteljahr herausstellte.

Inzwischen hatte Leni auch mich angerufen gehabt und mir von dem Schlamassel erzählt, ich fuhr also auch nach Vetschau. Um die Zuschauer im vollbesetzten Saal nicht auf die Barrikaden zu bringen, sagte ich an, daß der Vorfilm diesmal etwas länger dauern würde. „Das doppelte Lottchen zieht sich noch um“, sagte ich. Dann spielten wir nur die erste, dritte und fünfte Spule vom „unvergessenen Jahr 1919". Die Leute warteten geduldig, bis der deutsche Film kam. War fast Mitternacht, als die Vorstellung zu Ende war.

Hatten wir zuerst vermutet, daß der Verhaftungsgrund nur vorgetäuscht war, so hatten wir Gewißheit, als wir erfuhren, daß in dieser Zeit alle Kinos im Land Brandenburg enteignet worden waren. Brandenburg war das einzige Land in der DDR, in dem es noch private Kinobesitzer gab, in der übrigen DDR waren bereits alle Kinos verstaatlicht.

Wie es meiner Frau ergangen is, als se auf Staatskosten gelebt hat, kann se am besten selbst erzählen.

In den Klauen der STASI

(Leni erzählt)

Am Tag meiner Verhaftung fuhren zwei Autos vor, acht Männer, dunkel gekleidet, stiegen aus. Alle mit ernsten Gesichtern. Fünf von ihnen verteilten sich ums Haus, wahrscheinlich, damit niemand türmen konnte, die drei anderen kamen ins Haus und verlangten, mich zu sprechen. Sie zeigten mir den Haussuchungsbefehl. Ohne mir den Grund zu sagen oder etwas zu fragen, fingen sie an, alles zu durchwühlen. Alles, was an Papieren da war, Buchungsunterlagen, Korrespondenz, überhaupt jeden Papierschnipsel, auch aus dem Papierkorb, die vorrätigen Kino-Eintrittskartenrollen und vorhandene Filmrollen, ja, sogar die Liebesbriefe, die mir mein Mann während seiner Soldatenzeit geschrieben hatte, packten sie ein. Auch einen, mit bunten Steinen verzierten Krummdolch, der zur Zierde an der Wand hing, ließen sie mitgehen; muß wohl einem gefallen haben. Unsere Konten wurden gesperrt, alles vorhandene Bargeld beschlagnahmt. Nur die viertausend Mark, die ich in der Rechenmaschine versteckt hatte, fanden sie nicht. Diese brachte uns später, samt Rechenmaschine, ein Filmvorführer von uns nach West-Berlin rüber. Ich hatte das Geld versteckt gehabt, weil es damals verboten war, viel Bargeld im Haus zu haben. Wir mußten jedoch immer etwas vorrätig haben, um Lieferanten usw. zu bezahlen.

Schließlich wurde ich verhaftet. Hinten, zwischen zwei Männern sitzend, wurde ich zum Gefängnis in Cottbus gebracht. Am Eingangstor sagte der Mann der vorne saß, zum Posten: „Hier haben wir einen ganz dicken Fisch."

Bei der Kontrolle betastete mich eine Wärterin gründlich, ich mußte mich aber nicht nackt ausziehen, wie ich solches später von anderen Gefangenen hörte. Als ich sagte, daß ich herzkrank sei, erhielt ich sogar vorsorglich eine Tablette.

Dann führte mich eine Wärterin in die Zelle. „Das ist die größte Zelle, die wir hier haben", sagte sie. Sie war wirklich groß, aber wiederum nicht so groß, daß sie für zwanzig Frauen ausreichend Platz gegeben hätte; denn so viele hielten sich darin auf. Ich war die zwanzigste. Links und rechts an den Wänden entlang standen Betten übereinander für zwölf Frauen, dazwischen befand sich auf kahlem Betonfußboden ein Strohlager mit Decken, auf dem weitere acht Frauen ihren Schlafplatz hatten. „Platz" wäre nicht das richtige Wort dafür, wenn sich eine Frau in der Nacht umdrehen wollte, mußten die anderen Frauen sich auch wenden. Zum Waschen stand eine Waschschüssel unter dem kleinen vergitterten Fenster und in einer Ecke ein Kübel für menschliche Bedürfnisse, aus dem es penetrant stank. Und nicht nur aus dem Kübel stank es, die Ausdünstung der, zum Teil sich kaum waschenden Frauen, tat das seinige dazu. Z. B. war da eine Zigeunerin – sonst ein ganz liebes Mädchen – die war, wie sie erzählte, beim Stehlen ertappt worden. Sie hatte sich des öfteren Hühner oder Enten von den Bauern gegriffen, sie abgestochen und an mehreren Haken, die sie sich unter den Rock genäht hatte, aufgehängt. Bei der Verhaftung hatte sie sich nicht mehr umziehen können, so klebte jetzt noch das Geflügelblut am Rock und gab seine besondere Duftnote ab.

Ich erhielt meinen Schlafplatz auf dem Strohlager neben einer Frau, die Syphilis hatte. Sie hatte es mir sofort gesagt, daß sie die Krankheit hat und daß wir Kontakte vermeiden sollten. War eine äußerst nette Frau.

Unser aller häufigstes Gesprächsthema war der Verhaftungsgrund. Die meisten der inhaftierten Frauen kannten mich vom Kino her und waren entsetzt, mich hier zu sehen. Ungefähr die Hälfte der Frauen waren, wie ich, aus fadenscheinigen Gründen verhaftet worden. Eine Verkäuferin hatte zum Beispiel viereinhalb Jahre Gefängnis erhalten, weil sie eine Stalinbüste aus dem Schaufenster genommen hatte, um etwas anderes hineinzustellen. Zwei junge Frauen hatten Männer in ihrem Wohnwagen „bedient". Eine andere Frau konnte man wohl als kriminell bezeichnen, sie hatte die Scheune vom Hof ihres Freundes aus Eifersucht angezündet.

Bereits nach einer Woche wurde ich auf den Flur gerufen, der Gefängnisdirektor und die Oberwachtmeisterin wollten mich sprechen. Letztere fragte mich, ob ich Lust habe, in der Küche zu arbeiten. „Mohrrüben putzen werden Sie doch wohl können, und wenn nicht, dann lernen Sie es", meinte der Direktor. „Sie werden lachen, Herr Direktor, das kann ich. Schließlich habe ich ja das Kochen gelernt", antwortete ich ihm.

Wie es sich herausstellte, hatte mein Mann von West-Berlin aus über Bekannte aus Cottbus, die die Oberwachtmeisterin kannten, sofort Kontakt aufgenommen gehabt und gebeten, etwas für mich zu tun. Bei einer guten Gelegenheit hatte mir dieses die Oberwachtmeisterin erzählt. Dabei gab ich ihr meinen Brillantring, den man mir nicht abgenommen hatte, und bat sie, diesen meinem Mann zukommen zu lassen. Etwa nach vierzehn Tagen erhielt ich ein kleines Päckchen Bohnenkaffee, in dem ein Kassiber versteckt war: „Der Ring ist bei Ihrem Mann angekommen." Die Nachricht hatte mir Peter, der meinen Mann mit dem Auto aus Burg hinausgeschmuggelt hatte, zukommen lassen.

Das Beste an meiner Küchenarbeit war, daß ich nun in einer anderen Zelle schlafen konnte, der sogenannten Küchenzelle. Darin standen zwar vier Betten, aber wir schliefen nur zu zweit drin, die Köchin und ich. Hatten wir in der ersten Zelle nur zwei unbezogene Decken gehabt, so waren sie hier mit blau-weißkarierten Bezügen versehen, und sogar Laken waren vorhanden.

Die Köchin, eine kleine rundliche Person, war eingesperrt worden, weil sie in West-Berlin einen Mantel gekauft hatte und dabei erwischt worden war. Nun sollte sie vorzeitig entlassen werden. Ich vermute, daß da eine Schiebung im Gange gewesen sein muß, hier war alles möglich. So sollte ich jetzt ihre Stelle einnehmen, denn aus meinen Akten wußten die doch längst über meinen Lebenslauf Bescheid, also auch, daß ich Kochen gelernt hatte.

Die Oberwachtmeisterin hatte mir geraten, daß ich mir eine kräftige Frau zur Hilfe aussuchen sollte, denn die Kübel, in denen wir das Essen zu den Zellen bringen mußten, faßten sechzig Liter und waren wahnsinnig schwer. Je nach Belegung kochten wir für 140 bis 180 Leute, Frauen und Männer. Der Gefängnisarzt meinte, daß ich die schwere Arbeit nicht lange durchhalten könne und gab mir Binden, damit ich die Beine bewickeln konnte. Ein offenes Bein hatte ich schon.

Nun muß ich aber sagen, daß mir dort das Kochen direkt Spaß gemacht hat. Und zwar hatte ich den Ehrgeiz, aus den mir zugeteilten Produkten, den Insassen ein möglichst schmackhaftes Essen zu bieten. War z. B. von meiner Vorgängerin das Gulasch nur gekocht worden, so habe ich es angebraten und geschmort. Aus Hackfleisch bereitete ich nicht nur Klopse, ich machte auch „Falschen Hasen". War Graupensuppe angesagt, so weichte ich die Graupen am Abend vorher ein, und so erhielten die Leute anstelle der Wassersuppe eine schön sämige dicke Graupensuppe. Auch waren die fünf Gramm Margarine, die den Gefangenen pro Tag zustanden, in das Essen getan worden, ich machte mir die Mühe und gab jedem die Zuteilung, portioniert, auf die Hand. Ebenso verfuhr ich mit dem Zucker, der auf Geheiß der Oberwachtmeisterin in den Kaffee getan werden sollte. Ich gab ihn alle drei Tage portioniert aus. Die Insassen haben mir, wenn ich das Essen verteilte, aus Dankbarkeit buchstäblich die Hände geküßt dafür.

Nur einmal durfte mich Uschi, unsere Tochter, im Gefängnis besuchen. Sie fiel mir um den Hals und sprudelte hervor: „Mutti, du brauchst keine Angst zu haben, du bist unschuldig. Alle Unterlagen sind kopiert und bereits im Westen."

Zwei Wachtmeister waren bei unserem Gespräch dabei, aber sie taten, als hätten sie nichts gehört. Auch vom Wachpersonal kannten mich ja einige von früher her.

Fast jeden Tag mußte ich zum Verhör, das sich mitunter über Stunden ausdehnte. Oftmals wurde ich nach so unsinnigen Dingen gefragt, daß ich mir nicht erklären konnte, was das zu bedeuten hat. Auch wurden mir benutzte, also abgelaufene, Kino-Eintrittskarten gezeigt, und ich sollte sagen wo die Karten benutzt worden sind. Das war für mich, die ich immer sämtliche Abrechnungen gemacht hatte, kein Problem, denn die Kartenrollen waren nicht nur numeriert, sie waren auch jeweils für jeden Film und Ort mit Buchstaben gekennzeichnet gewesen. Als ich nach dem Verhör nach dem Zweck dieser Fragen nachdachte, wurde mir klar, daß man damit herausbekommen wollte, ob ich richtig abgerechnet hatte.

Natürlich hatten wir uns, bei den vielen Angestellten, die wir hatten, nie und nimmer erlauben können, falsche Abrechnungen zu machen. Aber immer wieder versuchten die mich Verhörenden krampfhaft, mir etwas anzuhängen. Mit der Anklage, daß wir an einem Tag zwei Filme auf ein Eintrittsgeld gespielt hatten, kamen sie nicht durch. Unsere Erklärung dazu, die wir an die drei wichtigen Stellen geschickt hatten, lagen vor und bewiesen unsere Unschuld. Mitunter wurde der mich verhörende Offizier erregt, sprang auf, brüllte mich an, dann sprang ich auch auf und brüllte zurück. Ich hatte doch vor denen keine Angst! Einige waren mir ja bekannt, meistens von den Kinovorstellungen her. Von einem Mann wußte ich, daß er mit einer mir bekannten Frau ein Verhältnis hat. Und vor denen sollte ich kuschen – ich dachte nicht daran!

Nach einem Vierteljahr dann wurde ich zum Verhör in ein anderes Zimmer gebracht, wo vor einem riesengroßen Fenster hinter dem Schreibtisch ein mir unbekannter Offizier saß. Ich setzte mich auf den davor stehenden Stuhl. „Wer hat Ihnen erlaubt, sich zu setzen", fuhr er mich an. „Ach, entschuldigen Sie", sagte ich, „ich bin sehr müde, ich habe gestern abend bis elf Uhr in der Küche gearbeitet, und heute mußte ich ja auch früh raus." „Na, ist schon gut - bleiben Sie sitzen." Ich hatte so das Gefühl, als würde das heutige Verhör anders als sonst verlaufen.

Dann sagte mein Gegenüber: „Wissen Sie, Frau Thews, intelligent sind Sie ja, das haben wir alle festgestellt, und mit den vorigen Leuten, die Sie verhört haben, konnten Sie quasi Fußball spielen – aber nicht mit mir! Ich weiß nämlich zufällig in der Filmbranche Bescheid!"

„Ist das prima", rief ich erfreut, „endlich mal jemand der in der Branche Bescheid weiß, und dem ich nicht jedesmal alles haargenau erklären muß!"

Ungefähr über zwei Stunden zog sich dann das Verhör hin, doch eigentlich war es gar kein Verhör, es war direkt ein herrliches Streitgespräch. Plötzlich springt der Offizier auf, haut mit der flachen Hand auf den Tisch und sagt: „Na dann muß ich Sie eben freilassen!"

Ich dachte, ich höre nicht recht! Ich war bereits auf zehn Jahre eingestellt. Wo z. B. Zeugen Jehovas, die absolut nichts Strafbares begangen hatten, zu zehn und zwölf Jahren verdonnert wurden. Ich wollte aufstehen, es ging nicht. Meine Knie waren butterweich. Mit Mühe und Not kam ich dann doch hoch vom Stuhl, ging bis zum Schrank, schaute nochmals zurück – das große Fensterkreuz schwankte hin und her. Erstaunlicherweise konnte ich nicht mal weinen vor Erleichterung, der Zustand, in dem ich mich befand, ging anscheinend schon über das Weinen hinaus. Der Offizier sah wohl in welcher Verfassung ich war, er rief einen Wachposten, der mich dann unterhakte und hinausführte.

Und dann ging alles sehr schnell, innerhalb einer Viertelstunde mußte ich das Gefängnis verlassen haben. Als ich beim Verabschieden automatisch „Auf Wiedersehen“ sagte, schrien alle auf: „Um Gottes willen, nur nicht! Machen Sie lieber Ihre Kinos weiter, Frau Thews!“

Als sich das Gefängnistor hinter mir geschlossen hatte, stand ich erst einige Minuten gegen die Wand gelehnt da, um zu mir zu kommen und um mich an das grelle Licht zu gewöhnen. Es war Mitte Mai, herrlichster Sonnenschein. Dann machte ich mich auf den Weg zu Fehlhabers, die in der Nähe wohnten. Mit ihnen hatte mein Mann während der ganzen Zeit in Kontakt gestanden. Sie hatten eine Fleischerei und mir durch Peter jede Woche ein Wurstpaket im Gefängnis zukommen lassen. Ich aß davon kaum was, aber ich hatte immer was zum Verschenken für besonders hungrige Häftlinge.

Mittags kam zufällig Peter vorbei, er war ganz verdattert, als er mich da sitzen sah. Abends brachte er mich dann mit dem Motorrad nach Byhlegure zu Bekannten. (Nach dem Krieg war Geroburg wieder in Byhlegure zurückbenannt worden.) Anschließend fuhr Peter zu meinen Schwiegereltern, um sie schonend auf meine Entlassung vorzubereiten. Sie hätten vielleicht einen Schock bekommen, wenn ich so plötzlich vor ihnen gestanden hätte. So machte ich mich erst am nächsten Morgen zu ihnen auf den Weg. Als ich so langsam durch den Ort tippelte, kamen von allen Seiten Dorfbewohner auf mich zu, es muß sich wie ein Lauffeuer herumgesprochen haben, daß ich wieder frei bin. Die Leute freuten sich so mich zu sehen, sie streichelten mich, und sie bedauerten mich. Es war wohltuend, so viel Anteilnahme zu erfahren.

Und im Laufe des Tages stand die Tür bei meinen Schwiegereltern nicht still, die lieben Dorfbewohner schleppten die leckersten Dinge an, als wäre ich halb verhungert. Von Hähnchenschenkel bis hin zu Kartoffelsalat mit selbst hergestellter Mayonnaise, überhaupt alles was ich gern aß, füllte den Tisch.

Schon am nächsten Tag erhielt ich Besuch von einem mir unbekannten Herrn, der mir Fragen nach meiner Behandlung im Gefängnis stellte. Ich konnte ihm nichts anderes sagen, als daß ich gut behandelt worden war, denn mißhandelt hatte man mich ja nicht. Der Mann bat mich dann, die Tür abzuschließen. „Warum denn das?" fragte ich verwundert. „Ich möchte, daß Sie sich mal was ansehen, Frau Thews." Ich schloß die Tür ab. Wortlos zog der Mann seinen Pulli und sein Unterhemd aus und wandte mir den Rücken zu.

„Sehn Sie, Frau Thews, so bin ich dort behandelt worden." Sein Rücken war voll von dicken, vernarbten Striemen. Ich erinnerte mich, im Verhörzimmer Blutspuren an den Wänden gesehen zu haben.

Als ich den Mann fragte, ob er beauftragt worden sei, mich auszufragen, bestätigte er es. Wir versprachen uns per Handschlag, niemand etwas von unserem Gespräch zu sagen, ich gab ihm noch eine Flasche Wein, und er verabschiedete sich.

Es muß eine Woche später gewesen sein, als ein mir flüchtig Bekannter aus Cottbus kam und mich sprechen wollte. Als wir allein im Zimmer waren, zischelte er mir zu: „Frau Thews, verschwinden Sie schleunigst, Sie sollen wieder verhaftet werden."

In aller Eile packte ich ein paar Sachen zusammen, rief Peter an, und wieder war er es, der Hilfe leistete: Er brachte mich abends mit dem Motorrad nach West-Berlin zu Heinz' Tante. Ich hatte mich darauf gefreut, meinem Mann zu überraschen, aber der Schlawiner war ausgeflogen."

Neubeginn in West-Berlin

(Heinz Thews erzählt weiter.)

Als ich nu glücklich in West-Berlin gelandet war, mußt' ich zunächst ein Notaufnahmeverfahren durchlaufen. Dabei bekam ich allmählich mit, wieviele Flüchtlingslager es in West-Berlin gab. Es waren vierzig. Allein in der Volkmarstraße in Tempelhof saßen an die dreitausend Flüchtlinge. Und das brachte mich auf eine Idee: In den Lagern könnten doch Kino-Veranstaltungen durchgeführt werden. Ich simmelierte, wie das am besten zu bewerkstelligen wär'; denn war ja klar, daß ich diese Vorführungen machen wollte. Kosten sollt' es nuscht, im Gegenteil, ich wollt' ja daran was verdienen. Da kam mein nächster Gedankenblitz: Da mußten die Amis ran! Also machte ich mich auf die Socken, fuhr in die Clayallee zur US-Militärregierung und fragte, ob hier jemand für die Kulturarbeit zuständig sei. Der Pförtner schickte mich zum„Zivilbeauftragten für kulturelle Betreuung und Umerziehung". Ich stellte mich dort vor, sagte, daß ich Flüchtling aus der DDR bin, dort mehrere Kinos besessen hatte und der Meinung bin, daß man in den Flüchtlingslagern Filmvorführungen machen sollte.„Wissen Sie", hatte ich gesagt, „wenn Sie die Leute umerziehen wollen, ist der Film das beste Aufklärungsmittel. Das hat schon Lenin gesagt."

Der Mann, der für die kulturelle Arbeit zuständig war, war ein Deutscher, und er sah mich fragend an: „Ja – na und weiter?"

„Na, wir sollten den Leuten im Lager zeigen wie es in einer Demokratie zugeht. Da gibt es doch bestimmt Filmmaterial darüber."

„Ja, das gibt es."

„Na prima, da brauche ich nur die nötigen Vorführgeräte.

Vom Lagerleiter lasse ich mir dann nach den Vorführungen bescheinigen wieviel Leute daran teilgenommen haben, und Sie erhalten von mir am Monatsende die Besucherzahlen."

„Wieviele Vorführgeräte würden Sie denn brauchen?"

„Vielleicht drei oder vier."

„Ja", sagte mein Gegenüber, „die Geräte könnten Sie von uns bekommen, aber für die Vorführungen können wir Ihnen nichts bezahlen. Dafür ist kein Etat vorhanden."

Na nu sah ich aus wie e Pungelche schwarze Wäsch'. „Is denn da nuscht dagegen zu machen?" fragte ich, in meine Heimatsprache fallend. V'leicht half das.

„Das liegt nicht in meiner Kompetenz, ich kann nicht gegen die Bestimmungen handeln", erwiderte der gute Mann. Ich verabschiedete mich von ihm, kopfschüttelnd ging ich raus.

Was könnte ich noch tun? Eine Möglichkeit sah ich noch beim Senator für Arbeit und Soziales, zu der Zeit war das Otto Bach. Ich suchte ihn in seiner Villa in Dahlem auf und erzählte ihm was ich vorhabe.

„Das ist eine großartige Idee von Ihnen, Herr Thews, – aber dafür sind keine Mittel eingeplant", sagte er bedauernd.

Also auch hier das gleiche Spielchen. Bedripst zog ich ab. Bei einer guten Gelegenheit erzählte ich von meinen Plänen und den gescheiterten Versuchen, sie zu verwirklichen, dem Vorsitzenden des ZPO (Zentralverband politischer Ostflüchtlinge) Salinger. Er hatte mich durch das Notaufnahmeverfahren gebracht.

„Aber Herr Thews", belehrte er mich, „Sie sind nicht in der Partei, da können Sie armes Würstchen gar nichts ausrichten. Lassen Sie mich das mal in die Hand nehmen."

Und was soll ich sagen – der Salinger trägt beim Senator Bach das gleiche wie ich vor und bekommt die Mittel bewilligt!

Daraufhin wurde ich bei der ZPO angestellt, erhielt DM 450,– Gehalt im Monat, Essen erhielt ich in den Lagern in denen ich die Filme vorführte, da ließ es sich gut leben. Das Wichtigste für mich aber war, daß ich wieder in meinem Metier Fuß gefaßt hatte. Und als Leni im Mai aus dem Knast kam, wurde auch sie als Filmvorführerin angestellt, für DM 350,– im Monat.

Bald spielten wir nicht mehr nur diese idiotischen Filme die der Umerziehung dienen sollten, wir spielten auch Kultur- und Unterhaltungsfilme. Und auch nicht nur in den Flüchtlingslagern, sondern in anderen städtischen Einrichtungen wie Alters- und Jugendheimen, ja sogar im Knast gaben wir Vorstellungen. Die Einnahmen aus diesen Vorführungen wanderten allerdings in unsere eigene Fupp.

Wohnungsprobleme sollten wir auch bald keine mehr haben. Noch kurz vor meiner Flucht hatten wir unseren Wohnwagen nach West-Berlin schaffen lassen und bei einem bekannten Kohlenhändler und Fuhrunternehmer, der auch aus Byhlegure geflüchtet war, untergestellt. Den Wohnwagen fanden wir nicht mehr vor, den hatte der Bekannte bei seinem Umzug in die Bundesrepublik mitgenommen, als Unterkunft für sein Personal. Dafür hatte er uns seine halb ausgebaute 3-Zimmer-Wohnung, inclusive antiken Möbeln, in der Teilestraße in Tempelhof überlassen. Wir, die wir bis dahin immer noch bei meiner Tante gewohnt hatten, waren sehr froh darüber, denn nachdem wir auch unsere Tochter aus dem sorbischen Internat hatten zu uns kommen lassen, lebten wir doch sehr beengt. Nach und nach ließen wir die Wohnung in der Teilestraße fertigstellen und hatten dann eine ganz komfortable Wohnung.

Noch im Herbst 1953 hatten wir die Gelegenheit, ein eigenes Kino aufzumachen, und zwar in einer ehemaligen Wehrmachtsbaracke in Spandau. Die Baracke gehörte der Laubenkolonie „Birkenwäldchen“, und der Vorstand hatte einem Ehepaar – der Mann war Geschäftsführer in einer großen Firma – die Erlaubnis gegeben, die Baracke zu einem Kino umzubauen. Das Kino war fast fertig, aber das Ehepaar erhielt keine Lizenz, um es in Betrieb zu nehmen, außerdem war ihnen das Geld ausgegangen.

Durch Zufall hatte ich von der Sache Wind bekommen und nahm mit den Leuten Kontakt auf. Sie waren damit einverstanden, daß ich das Objekt übernehme, aber erst mußt' ich ja zusehen, daß ich die Lizenz erhielt. Bei meinem Besuch bei der Theaterpolizei erfuhr ich, daß die Lizenz für ein Filmtheater mit „A“-Vorführmaschinen beantragt worden war. „Und ich habe ‚C‘-Vorführmaschinen“, trumpfte ich auf. „Die sind so sicher, da können Se mank de Betten spielen, da passiert nuscht. Ich bitte Sie, die Lizenz auf meinen Namen zu schreiben.“

Nach kurzem hin und her erhielt ich schließlich die Lizenz. Mit dem Ehepaar einigten wir uns dann über die finanziellen Bedingungen, die wirklich annehmbar waren. Der Mann sagte: „Zahlen Sie uns jeden Monat fünfhundert Mark, und wenn zehntausend Mark zusammengekommen sind, gehört der Laden Ihnen.“ Natürlich waren wir damit gleich einverstanden. Die Leute waren froh, daß sie das Kino vom Hals hatten, und wir freuten uns, daß wir wieder Kinobesitzer waren. Wir nannten unser Kino „Birken-Lichtspiele“. Als wir es eröffnet hatten, merkten wir sehr schnell, daß wir in eine Marktlücke gestoßen waren. Die Besucher kamen in Scharen, die Vorstellungen waren immer ausverkauft. Und die Kindervorstellungen am Sonntag sowieso. Daran waren vielleicht auch die Bewohner der „Nissen-Hütten“, die in der Nähe standen, nicht ganz unbeteiligt. Wohnten ja zum großen Teil kinderreiche Familien drin, und ich kann mir denken, daß die Eltern ganz froh waren, wenn se die Geister mal für paar Stunden loswaren, damit se Gelegenheit für eine erotische Bastelstunde hatten. (Die Nissenhütten waren im Krieg für Ausgebombte erbaut worden und zum Teil noch in den 50er Jahren bewohnt.)

Bereits im nächsten Jahr wurde ich Teilhaber an der „Gräfe-Filmbühne“ in Kreuzberg, das wurde genauso ein Knüller. Sogar die Notsitze waren immer ausverkauft. Ein Kino in der Tauernallee, in der Nähe der Trabrennbahn Mariendorf, das „Lida“ (Lichtspiele Daheim) wurde unsere nächste Erwerbung, bis wir, zusammen mit einer Frau die Apothekerin war, das Kino „Berolina“ in der Bacharacher Straße in Tempelhof bauten.

Wenn ich so zurückdenk' was das damals doch für tolle Filme gab! Abgesehen von den vielen Heimatfilmen, bei denen die Frauchens immer de Taschentücher auswringen mußten, waren doch die Filme mit Hans Albers, Hardy Krüger, Dieter Borsche, O. W. Fischer oder Maria Schell sehr eindrucksvoll. Und wenn ich an den Film „Lohn der Angst“ denk' – das prickelte einem vor Spannung bis inne Zehenspitzen. So allmählich hielten dann auch die Erotik-Filme ihren Einzug in die Kinosäle. Was sind die Leute damals in die Kinos gerannt, als der Film „Die Sünderin“ gezeigt wurde; bloß weil die Knef von weitem als Aktmodell zu sehen war. Als dann Oswald Kolle mit seinen „Sex-Report“-Filmen kam, begann schon das große Kinosterben.

Zuvor gabe es aber auch schon Sex-Filme, jedoch nur auf Schmalfilm, und die wurden nur im intimen Umkreis gezeigt. Ich hatt' bald auch so einen privaten Umkreis, davon einen im Hippodrom „Das Goldene Hufeisen“.

Den Besitzer von dem Laden hatt' ich kennengelernt, nachdem ich auf einer Auktion Glühbirnen aufgekauft hatte, ganz billig, das Stück für zwanzig Pfennig. Natürlich wollt' ich die Dinger nu doch gewinnbringend verkloppen. Ich fuhr abends mit meiner Frau durch die Martin-Luther-

Straße, da seh' ich die mit -zig bunten Birnen beleuchtete Schrift „Das Goldene Hufeisen", drum herum funkelt das auch in allen Farben.

„Weißt", sag' ich zu Leni, „da gehn wir mal rein und fragen, ob die nich Glühbirnen brauchen. Bei dem vielen Geflimmer müssen die doch Ersatzbirnen auf Vorrat haben."

Gesagt getan, wir gehn rein und verlangen den Besitzer zu sprechen. Was soll ich sagen – der is ein waschechter Ostpreuße! Rudi Gramsch aus Allenstein. Natürlich mußten wir uns gleich zu ihm setzen, volle Gläser standen gleich aufem Tisch, und er erzählte, wie er zu dem Laden gekommen is.

„Ich hatt'ja rein gar nuscht außer meine drei Jungens, als ich hier in Berlin angekommen bin, da war ich froh, daß ich hier im Hippodrom anfangen konnt'. Quasi als ‚Mann für alles'. Auch de Pferdescheiß' mußt' ich aussem Sand rausklamiesern, aber damit hab' ich schließlich mein Gehalt aufgebessert."

„Wie denn das?" lachte ich.

„Na, ich hab' die Äppel mit Erde vermengt und se an Blumengeschäfte verkauft. Du ahnst ja nich, was sechs Pferde so in einer Nacht zusammenscheißen, mein Geschäft lief, als wenn der Deiwel Dreck haspelt. Ja, und mit eins kricht ich mit, daß der Chef inne Bredouille sein muß, er konnt' manchsmal nich die Lieferanten bezahlen. Das Geschäft ging immer schlechter, er mußte Konkurs anmelden, und da übernahm ich den Laden."

„Alle Achtung", sagte ich, „da warst aber ganz schön auf Draht! Und wie ich seh', läuft dein Betrieb anscheinend ganz prächtig."

Ich war wirklich ganz beeindruckt von dem was ich sah. Sowas hatt' ich doch noch nie im Leben gesehn! In einer kleinen Arena trabten paar Pferdchen, ein Uniformierter, der, wie ich später mitkrichte, „Rittmeister" genannt wurd', knallte mit der Peitsche und forderte die Gäste zum Reiten auf. Neben der Arena war eine kleine Tanzfläche, gerammelt voll, die drei Jungens von Gramsch spielten zum Tanz auf.

Natürlich blieb es nich bei diesem ersten Besuch, wir wurden direkt Stammgäste. War ich mal eine Woche lang nich dagewesen, fragte mich der Rudi gleich: „Wo warst so lang? Hat dir bei uns nich gefallen, daß nich kamst?"

Nu muß ich sagen, daß hier auch die Damen von der Augsburger Straße verkehrten und sich ihre Freier einfingen. Waren durchaus hübsche Puppen darunter. Besonders die eine. Wenn die von einem Gast aufgefordert wurde nakkend auf dem Gaul zu reiten, kassierte se zwanzig Mark, zog sich aus, und ab ging die Post. Eine tolle Figur hatte se, lange blonde Haare hingen ihr bis aufen Po, und wenn se paar Galopprunden einlegte, schwabbelte ihre lange Perlenkette, die se ummen Hals zu bammeln hatte, hin und her. Und nich bloß die Perlenkette.

Eines Abends, als wir von unserer Kinovorstellung kamen, war auch meine Mutter mit, und wir kehrten noch im „Goldenen Hufeisen" ein. Als die Show mit der flotten Biene abgezogen wurde, schrie meine Mutter auf: „Nei – was is das hier für ein schweinischer Laden, das Weib aufem Pferd is ja nackicht!"

„Aber nei, Mutter", sag' ich, „die is doch nich nackt."

„Bist du blind, Jung'? Die hat doch nuscht an!"

„Ich sag' dir, nei, die is nich nackt. Die hat doch Watte im Ohr!" An den Nachbartischen johlte alles vor Lachen.

Einige Zeit war vergangen, da fiel mir auf, daß diese Amazone nich mehr da war. Ich fragte den Rudi, wo sie abgeblieben ist. „Ja, stell dir vor", sagte er, „die hat doch son Scheich aus Schweden geheirat'. Stinkreich muß der sein, er handelt mit Erz. Vorige Woche war die Marjell hier, und da hab' ich v'leicht gestaunt: Ein Geschmeide hat die umgehabt – ein Geschmeiiide sag' ich dir ..."

Sein Ostpreußisch war noch besser als meins.

Eines Tages dann hatte mich mein Landsmann gefragt, ob ich bei ihm nich mal „besondere" Filme vorführen könnte, die Amis – es verkehrten hier sehr viele – hätten schon des öfteren danach gefragt. Gemütsmensch wie ich bin, und wo er so schön bettelte, sagte ich zu. Ein Schmalfilmvorführgerät hatte ich, Filme konnt' ich mir besorgen. Also fing ich an, in einer dunklen, abgeteilten Ecke des Lokals die gewünschten Filme vorzuführen. Während dieser Zeit wurde das Lokal zugesperrt,wie übrigens auch bei den Fleischbeschau-Ritten. Die Sittenpolizei führte damals des öfteren Kontrollen durch.

Als ich dann die ersten sogenannten „Erotikfilme" zeigte, schämte ich mich beinah', dafür Geld zu verlangen. Die waren ja so harmlos. Das Schlimmste das es dabei gab, war, wenn ein Schornsteinfeger seine schwarze Hand auf den Busen, der in der weißen Bluse verpackt war, legte. Heutzutage könnt' man solche Filme in der Kindervorstellung zeigen.

Oft war auch mein Freund Gustav im goldenen Hufeisen mit von der Partie. Groß und kräftig wie er war, traute er sich nicht zu reiten. „Rudi, deine alten Krippensetzer brechen womöglich unter mir zusammen", sagte er. „Aber was du auch all denkst! Kannst ruhig reiten, Jung', die halten dich schon aus", redete Rudi ihm zu. Und Gustav ritt dann wirklich. „Ganz wohl war mir ja nich dabei", sagte er hinterher, „aber kommst übern Hund, kommst auch übern Zagel. Nu weiß ich doch wenigstens was das für Gefühl is, wenn man auf son Gaul sitzt."

Ich hatte Gustav im Oktober 1953 kennengelernt, als ich

bei einer Terminierung war. Bei so einer Terminierung suchen sich die Kinobesitzer die Filme aus, die sie vorführen wollen. Als ich dort so zwischen den anderen Interessenten stand, hörte ich hinter mir eine Stimme in einwandfreiem Ostpreußisch sagen: „... die Berliner sind ja damlich, wenn se für fremde Leute arbeiten ..." Ich schaute mich um – wer war das, der da meine Heimatsprache von sich gab? Auf Anhieb fand ich den Mensch' symphatisch. Wir kamen ins Gespräch, ich erfuhr von ihm, daß er aus Eydtkuhnen is, und bald merkte ich, was das für ein dufter Kumpel is.

Gustav war son richtiger Knipschus: Er konnt' alles, er wußt' alles, er war geschickt wie kein Zweiter und penibel bis zum geht nich mehr. Das Wort „Faulheit" muß der gar nich gekannt haben, oft hat er gewurracht bis spät inne Nacht. Sein Kino, das er besaß, hat er sich beinah' allein aufgebaut, und als er sich später ein Miethaus errichten ließ, hat er sich seine eigene Etage auch allein ausgebaut. Als ich beim Bau meines vierten Kinos war, hat Gustav mich ganz toll unterstützt. Immer wieder schaute er nach, ob auch alles seine Richtigkeit hat, packte bei der Arbeit mit an, und er gab mir Tips, wo ich billig die Bestuhlung und Vorführgeräte einkaufen kann. Mich wunderte, daß Gustav zwischendurch überhaupt Zeit gefunden hat, um zu heiraten. Hat aber nich lange vorgehalten die Ehe, dafür empfand mein Freund zu viel Symphathie für andere Frauen. Sehr gern hätte er mit mir zusammen ein Kino aufgemacht, aber da war meine Frau strikt dagegen. „Zwei Windhunde wie ihr beide seid – das geht nicht gut", war ihr Argument.

Alles machte mein Gustav mit, was ich ihm vorschlug: Er trat meinem Heiligenbeiler Heimatkreis bei – obwohl er Eydtkuhner war – wurde Mitglied beim ostpreußischen Karnevalsverein, er gesellte sich zu unserer Keglergruppe, machte mit mir Busfahrten nach Masuren und nahm auch an den Weltreisen, die wir gemeinsam mit anderen Ostpreußen starteten, teil. „Fährst du mit, Heinz? Ja? Dann komm' ich auch mit", entschloß er sich immer sehr schnell.

Wir kennen uns nun schon 39 Jahre, aber unsere Freundschaft is durch nuscht zu erschüttern. Noch heute muß ich jeden Mittwoch zu ihm fahren, dann kocht er für uns beide. Selbst Kochen kann der Lorbas! Und am besten geschmorte Schweinsrippchen, da kannst dir alle zehn Finger besuckeln und dir so richtig de Koddern vollhauen.

Als wir, 1954, unsere inzwischen ausgebaute Drei-Zimmer-Wohnung in der Teilestraße einweihen wollten, lernte ich noch jemand kennen, der auch bald zu unserem Kreis gehören sollte. Zu diesem Ereignis wollten wir eine Feuerzangenbowle machen, und ich ging mit Leni zum nächsten Bolle-Laden, um dafür einzukaufen. Nu wußt' ich aber nich genau, wie man das Gesöff richtig zubereitet, bloß, daß dabei Schnaps auf Zucker gegossen wird. Der Verkaufsleiter des kleinen Ladens bot an, an dem betreffenden Abend zu uns zu kommen, um die Sache selbst in die Hand zu nehmen.

Ich muß zuvor sagen, daß die Wohnung soweit fertig war, nur war in der Diele noch der provisorische Fußboden drin. Also der Mensch vom Bolle-Laden kommt, tritt über die Schwelle und fliegt auf de Freß. Das war der Beginn meiner Freundschaft mit einem der späteren großen Discount-Unternehmer Berlins. Und das war er eigentlich durch mich geworden. Ich hatte zu ihm gesagt: „Bist du verrückt, immer für andere Leute zu arbeiten? Mach' doch deinen eigenen Laden auf."

„Mensch – wie soll ich das? Ich hab' doch kein Geld!"

„Ich hab' auch kein Geld", sagte ich, „aber ein' Kintopp hab' ich schon – wenn auch bloß auf Pump."

Ich hab' ihm so lange zugesetzt, bis er sich einen Laden in der Kantstraße mietete und einen Discountladen aufmachte. Noch von meiner Gefangenschaft in Amerika her wußt' ich doch Bescheid über derartige Läden und klärte ihn darüber auf.

„Du mußt immer paar Pfennig billiger sein als andere", hatt' ich ihn belehrt, „aber du darfst keine Reklame damit machen, damit die anderen nich zurückschießen und dich unterbieten. Dann kannst deinen Laden gleich zumachen."

Und sein Geschäft lief – das kann man sich gar nich vorstellen! Zwanzig- bis dreißigtausend Mark Tageskasse hat er mitunter gemacht.

Als dann das große Kinosterben begann, übernahm er ein Kino nach dem anderen und ließ sie zu Discount-Läden umbauen. Zum Schluß hatte er acht Stück.

Wir hatten, als das Fernsehen eine immer größer werdende Konkurrenz für die Kinos wurde, unsere Kinos noch relativ günstig verkaufen können, und das zuletzt neu erbaute an Möbel-Hübner vermietet. Da ich jetzt ohne Einnahmequelle dastand, bot mir mein Freund Schorsch an, ihm bei seinen Discountgeschäften zur Seite zu stehen, er stellte mich als Betriebsberater ein. Mit festem Gehalt. Beraten hatt' ich ihn ja schon seit Beginn seiner Discount-Karriere, jetzt bezog ich dafür aber Honorar.

Eines Tages wurde ich zum Finanzamt hinbestellt. Man wollte wissen, ob ich überhaupt die Qualifikation zum Betriebsberater vorweisen kann.

„Wissen Sie", sagte ich dreibastig, „ich bin Bäckermeister, ich bin Konditormeister, ich bin Filmvorführer und Theaterleiter. Was muß ich denn nun noch lernen? Schließlich werd' ich ja nicht dafür bezahlt was ich bin, sondern weil ich gute Ideen hab', die dem Geschäft von Nutzen sind. Also sagen Sie mir was ich machen soll – ich tu auch das noch."

„Ich rate Ihnen, bei der Abendschule zwei Semester Betriebswirtschaft zu belegen, dann geht die Sache in Ordnung."

Ich glaub', ich muß „wie e Uhl aussem Schmalztopp" gekuckt haben, denn der Mensch sagte: „Nun schauen Sie nicht so verdattert drein, melden Sie sich bei der Abendschule an, die ist in der Badenschen Straße."

Kopfschüttelnd ging ich raus. Mir blieb aber auch nuscht erspart – nu mußt' ich noch studieren! Also ließ ich mich bei der Abendschule für das Fach Betriebswirtschaft einschreiben, „immatrikulieren" sagt man ja wohl dazu. Und ich ging auch hin zu den Vorlesungen, aber den Blödsinn, den die Dozenten da blabberten wurd' mir allmählich zu damlich; alles reine Theorie, die Praxis sah ganz anders aus. Nach einem Semester erhielt ich meinen Studienschein, ich belegte noch ein Semester und erhielt, obwohl ich kaum noch hinging, den zweiten Schein. Die Scheine legte ich dem Finanzamt vor, der Sachbearbeiter war zufrieden, und ich durfte weiter als Betriebsberater fungieren.

Hier in Deutschland mußt wirklich für alles ein' Zettel haben. Kannst damlich wie Bohnenstroh sein, die Hauptsach' is, du kannst ein Papierchen vorweisen.

Bei einer meiner täglichen Schwimmstunden im Bad in der Götzstraße kam ich eines Tages mit einem Mann ins Gespräch, der auch zu den fleißigen Besuchern des Schwimmbades gehörte.

„Sie sind doch Ostpreuße, das hört man doch sofort", sagte er. „Ich bin der Walter Moreike, mein Vater ist auch Ostpreuße."

„Na, das is doch schon was", lachte ich, und jedesmal, wenn wir uns im Bad trafen, lernten wir uns e bißche mehr kennen. Der Moreike hatte einen ganz interessanten Beruf, er war Conferencier. Von Kindesbeinen an hatte er ständig Jahrmarktluft geschnuppert, seine Mutter war dort jahrelang als „dickste Frau der Welt“ eine Attraktion gewesen. Bei ihrem Leibesumfang konnt’ die sich überhaupt nich bücken, und so mußte er schon als kleiner Junge ihr immer die Schuhe auf- und zubinden. So zog Moreike mit dem fahrenden Volk durch die Lande und lernte von einem Zauberer selbst das Zaubern. Als sich 1945 die Iwans in Berlin rumgetrieben haben, hat er denen mit seinen Kunststückchen so imponiert, daß dadurch so mancher Happen für ihn abfiel. Später war er dann längere Zeit Lagerleiter im Flüchtlingslager Marienfelde, aber ihn zog es ins Showgeschäft. So wurde er schließlich Conferencier. Moreike kam beim Publikum gut an, Leni und ich waren ja oft bei seinen Veranstaltungen dabei. Und war ja klar wie dicke Tint’, daß er unserem Heiligenbeiler Kreis beitrat. Sein Ostpreußen-Abzeichen trug er mit Stolz, ich glaub’, der legte das nich mal beim Schlafen ab. Hatte ein Ostpreuße aus unseren Reihen das Zeitliche gesegnet, fungierte er als Fahnenträger. Hielt denn noch der ostpreußische Pfarrer Zimmermann die Grabrede, war das das feierlichste Begräbnis der Welt.

Und schließlich lernte ich durch diesen Walter Moreike den Franz Hennig kennen. Er war auch ein Ostpreuße, war aber bereits vor dem Krieg nach Berlin gezogen. In Ostpreußen hatte er paar Eisdielen besessen, aber sein größter Wunsch war gewesen, ein Gut zu haben. Das hatte nie geklappt, so hatte er sein ganzes Gesums zusammengepackt, war nach Berlin gezogen und machte nach und nach hier mehrere Eisdielen auf. Wie sehr dieser Franz Hennig sich noch mit seinem Heimatland verbunden fühlte, merkte auch seine Kundschaft: Auf seine Papp-Eisbechern war die Ostpreußenkarte abgebildet, und zwei seiner Eisbecher hießen „Lorbas“ und „Der Ostpreuße“. Diese Tradition führt sein Sohn Norbert fort, auch heute noch kann man in seinen Eisdielen sich an „Lorbas“ und „Der Ostpreuße“ laben. Letzter is mit einem Schlubberchen Bärenfang getauft; wir sagten ja „Meschkinnes“ dazu.

Wir fünf, also Gustav, Schorsch, Moreike, Hennig und ich, verstanden uns prächtig. Alle hatt' ich zu Heiligenbeilern umgetauft, bei unseren Herrenabenden, die abwechselnd bei jedem stattfanden, verfrachteten wir so manches Schnapsche inne Gurgel, wir spielten Skat oder gingen zum Kegeln. Bestand unser Kegelverein zuerst nur aus Leuten die der Film- oder Theaterbranche angehörten, so hab' ich das geschafft, daß später von 15 Keglern 13 Ostpreußen waren.

Ja, das waren so meine Privatvergnügen.

... und nu noch Enkel

Nachdem meine Frau im Mai 1953 aus der Kalus entlassen und zu mir nach West-Berlin gekommen war, wollten wir unbedingt auch unsere Tochter bei uns haben. Uschi hatte mich ja inzwischen schon des öfteren besucht gehabt, und wir hatten besprochen, daß, wenn Mutti hier is, sie auch ihren Pungel packt und rüberkommt. Die Gelegenheit ergab sich, als die Pfingstferien kamen. Peter hatte ihr Bescheid gegeben, daß Mutti bei mir is, Uschi sagte dem sorbischen Internat adjeh, setzte sich in den Zug und kam zu uns. War ja zu der Zeit noch einfach, nach West-Berlin einzureisen.

Ein Problem war jetzt, für Uschi eine geeignete Schule zu finden. Sie fand das hier praktizierte Schulsystem, das in praktischem, technischem und wissenschaftlichem Zweig gegliedert war, recht kompliziert und verwirrend. Das hatte es drüben ja nicht gegeben. Englisch hatte Uschi dort noch nicht ein Wort gelernt, und so meldete sie sich bei der „Berta von Suttner“-Schule an, die eine Aufbauschule war und dort erst von der achten Klasse an Englisch unterrichtet wurde. So hatte sie nur zwei Jahre in der Sprache nachzuholen. Die arme Marjell mußte ganz schön büffeln, se war aber fleißig, und damlich war se nu wirklich nicht, und so wurd' se versetzt. Nachdem es dann die nächsten Zeugnisse gegeben hatte – sie hatte jetzt die „Mittlere Reife“ – stellte uns unsere Tochter vor die vollendete Tatsache, daß sie sich bei der „Höheren Handelsschule“ angemeldet hat, sie wollte nicht das Abitur machen. Da war meine Mutter, die gerade bei uns paar Tage zu Besuch war, mit im Komplott gewesen: Sie hatte die Abmeldung von der „Berta von Suttner“-Schule mit „Thews“ unterschrieben.

War nu nuscht mit „Ärztin“ oder „Apothekerin“, wie die hochtrabenden Pläne meiner Frau für ihre einzige Tochter gewesen waren. Aber als Uschi uns dann erklärte, daß sie das Abitur wahrscheinlich nie geschafft hätte, weil ihr inzwischen klar geworden war, daß sie zu viele Wissenslükken aufwies, zeigten wir Verständnis für ihr selbständiges Handeln.

Dagegen hatte Uschi bei der Handelsschule einen tollen Einstieg. Das Handels-Englisch hatte sie schnell kapiert, sie hatte gute Zensuren, und als sie das Abschlußzeugnis mit prima Noten in der Hand hielt, bewarb sie sich bei „Sarotti" und bei der „UFA". Bei Sarotti konnte sie sofort anfangen, doch als sie sich gerade eingearbeitet hatte, meldete sich auch die UFA und bot ihr eine Stellung an. Sarotti wollt' se nicht gehn lassen, und da klemmt' ich mich dahinter; ich wollt' doch, daß Uschi auch in der Filmbranche mitmischt. „Wenn Sie meine Tochter nicht gehen lassen, nehme ich von Sarotti keine Süßwaren mehr ab für den Verkauf in meinen Kinos", fuhr ich mein Geschütz auf. Das zog, und unsere Tochter war nu auch in der Filmbranche tätig; hatte mit Abrechnungen und ähnlichem Kram zu tun.

Schon 1956, noch während ihrer Schulzeit, hatte sie Joachim kennengelernt. Als er sie einmal zum Tanz abholte lernten wir ihn auch kennen. Er war ein nettes, symphathisches Jungchen, sehr groß, aber so dünn, daß ihm das Vaterunser durch de Backen pusten konntst. Als Uschi hinterher fragte, wie uns der Achim gefallen hat, sagt' ich: „Weißt, is ja ein hübsches Kerlchen, aber der sieht ja so verhungert aus, den müssen wir erstmal anfüttern, damit er was auf de Rippen kricht." Und meine Mutter, die gerade mal wieder zum Besuch war, stellte ihre obligatorische Frage – wie einst schon bei mir – ob der womöglich katholisch is. Was hatte die bloß gegen Katholiken! Achim war nicht katholisch, und 1962, nachdem er sein Ingenieurstudium beendet hatte, haben die beiden geheiratet.

Blieb nu nich aus, daß wir Großeltern wurden. Klein-

Christinchen kam an, war eine ganz süße Marjell, se wurd' sogar, als se so vier Jahr' war, von einem mit den Eltern befreundetem Ehepaar als Fotomodell für Kindermoden genommen. Die Kleine verdiente dabei so viel, daß davon ein komplettes Kinderzimmer für sie angeschafft werden konnte.

Dagegen war dann das nächste Erzeugnis von den beiden – ein Jung' – sowas von Häßlichkeit – Erbarmung! Einen schiefen Kopp hatte er, ein Greisengesicht, er sah aus wie Adenauer. Dabei war das ein strammer Bengel von achteinhalb Pfund, er paßte kaum innen Babykorb rein. Hunger hatte er immer und brüllte den ganzen Tag. Die Nachbarn im Miethaus, in dem die Junior-Familie wohnte, konnten einem wahrhaftig leidtun.

Nach paar Monaten jedoch, war ganz erstaunlich, hatte unser Enkelsohn Carsten dann doch ein normales Aussehen angenommen, ja, er war jetzt direkt ein hübsches Baby. Aber von diesen ersten Monaten existiert nicht ein Foto von ihm; meine Tochter meinte, daß sich das Fotografieren von diesem Exemplar nicht lohnte.

Uschi hatte gleich nach der Geburt ihrer Tochter die Arbeit bei der UFA aufgegeben, sie wollte die Entwicklung ihrer Kinder in jeder Phase hautnah miterleben, wie sie sagte. Sie wollte nur noch „Deutsche Mutter" sein. Diese Bezeichnung, die sie sich selbst gegeben hatte, machte bald im ganzen Bekanntenkreis die Runde, fortan hieß sie nur noch die „Deutsche Mutter".

Anfang der sechziger Jahre gab es ja noch keine „Pampers", die Windeln mußten mit der Hand gewaschen werden, bezw. gekocht werden. Joachim hatte dabei eine besondere Technik entwickelt: Er hielt die von Carsten gefüllten Windeln ins Toilettenbecken, spülte den ganzen Klumpatsch runter und legte die abgespülten Windeln in den mit Wasser gefüllten Eimer. Klein-Christinchen, die 1 1/2 Jahre älter als ihr Bruder war, muß die Sache wohl genau beobachtet haben. Von ihrer Mutter unbemerkt, holte sie benutzte 800 er Silber-Teelöffel aus der Küche und rannte ins Badezimmer. Uschi wunderte sich, warum die Marjell andauernd die Toilettenspülung laufen läßt. Nuscht Gutes ahnend kuckte se ins Badezimmer rein, da war die Kleine gerade dabei, den letzten Teelöffel runterzuspülen. Vier Silberlöffel waren so inne Kanalisation gewandert!

Carsten muß so vier Jahre alt gewesen sein, da bekamen wir einen Anruf von unserer Tochter: „Mutti – wir haben ein schreckliches Kind! Stell dir vor, der Carsten hat den ganzen Kühler des neuen Autos unserer Nachbarn mit Kies vom Gehweg vollgepackt. Als ich das vom Balkon aus gesehn habe und ihm mit der Hand drohte, wischte er alle Kieselsteine mit der Hand runter, und jetzt ist das neue Auto voller Schrammen!"

Das Resultat von diesem Spielchen war, daß die Haftpflichtversicherung den Schaden bezahlt hat, aber die Nachbarn sprachen fortan kein Wort mehr mit unseren Kindern.

Schon als kleines Kind war unser Enkelsohn nich vom Radio wegzukriegen, wenn aus dem Kasten klassische Musik kam. Ich weiß noch wie heute: Wir hatten unseren ersten Fernseher gekauft, es war Sonntag, und Carsten war bei uns. Der Fernseher lief, es wurden Opernarien gebracht. Auf dem anderen Kanal wurd' eine Sendung über Mallorca gebracht, wir wollten umschalten und diesen Bericht sehn, aber der kleine Gnubbel spielte rein verrückt, er ließ uns nich umschalten; er mußte die Opernarien weiter hören.

So is das auch nich weiter verwunderlich, daß unser Enkelsohn heute Berufsmusiker is. Baßgitarre spielt er. Eine Zeit lang hat er in der Band von Romy Haag mitgespielt. Um sich weiterzubilden ging er für ein Jahr in die USA nach Los Angeles zur Musikakademie, die eine der besten für Baßgitarristen ist. Bevor er abflog, sagte er zu mir:

„Opa, du kommst mich Weihnachten besuchen, ja? Weihnachten möchte ich dort nicht allein sein.“

Welcher Großvater fühlt sich da nich geehrt, wenn der Enkel sowas sagt. Ich natürlich auch, und kurz vor Weihnachten flog ich zu ihm nach Los Angeles.

Es hätt' nich viel gefehlt, und ich hätt' auf dieser Reise mein wertvolles Leben ausgehaucht. Im Reisebüro war für mich ein Flug für den 21. Dezember reserviert worden, ich sollte in London und in New York umsteigen. Das fand die „Deutsche Mutter“ zu kompliziert für mich, und se ließ nich locker, bis ein bequemerer Flug für mich gefunden wurde, der einen Tag später nach New York direkt ging. Und das war mein Glück: Wär' ich in London in die Pan Am-Maschine umgestiegen, hätt' man meine sterblichen Überreste in Lockerbie zusammenklauben können; denn genau mit diesem Flugzeug wär' ich geflogen. Von dem Unglück las ich in der Zeitung, als ich in New York nach Los Angeles umgestiegen war. Auf diesen Schreck mußt' ich gleich ein' Schnaps trinken.

Seit Jahren nu genieß' ich mit meiner Frau das Rentnerleben, aber nebenbei gibt auch noch manche Arbeit. Ich hab' ja schon erzählt, daß wir unser Kino in Tempelhof, das „Berolina“, infolge des Kinosterbens an Möbel-Hübner vermietet hatten. Danach hatte Bolle die Räume zwanzig Jahre lang in Betrieb, und jetzt is Reichelt drin, auch eine Lebensmittelkette. Bleibt natürlich nich aus, daß wir allerhand schriftlichen Kram zu erledigen haben, den Gott sei Dank meine Frau macht, aber hin und wieder gibt auch mal Ärger, und als Besitzer muß man ja auch mal nach dem Rechten sehn.

Über den Verkaufsräumen hatten wir uns schon seinerzeit eine geräumige Vier-Zimmer-Wohnung bauen lassen, und keine hundert Meter von uns entfernt wohnen unsere Kinder. Wir hatten ihnen einen Teil unseres großen Grundstückes überschrieben, und sie setzten sich darauf ein schönes Haus hin. Es vergeht kaum ein Tag, an dem wir uns mit Uschi nich sehn, und ganz drollig is, wenn se manchmal noch spät abends kommt, um uns von ihrem Tagesablauf zu berichten. Meistens sind wir schon im Bett. Dann legt se sich zu uns ans Fußende, ich spring schnell inne Küch' und hol was zum Schmengern, und denn legt unsere Tochter los. Manchmal is gar nuscht Besonderes passiert, aber die kann das alles so drastisch schildern, daß wir aus dem Lachen gar nich rauskommen. Das sprudelt man alles bloß so raus aus ihr, ich frag' mich manchmal, von wem die bloß das Temperament geerbt hat; wo ich doch so ein ruhiger Ospreuß' bin und Leni aus dem kühlen Norden is und nich gerad' ein Temperamentbolzen is. Ja, is wirklich eine aparte Marjell, unsere Uschi.

Langeweile haben wir in unserem Leben nie gehabt und haben auch jetzt keine. Dafür sorgt nich bloß unsere Familie, oft is auch Besuch aus dem Spreewald da; meistens sind es frühere Angestellte von uns, zu denen unser Kontakt nie abgerissen war. Sie hatten uns auch, sofern sie schon Rentner waren, besucht als die Mauer noch existierte.

Niemals hätten wir es uns träumen lassen, daß wir noch den Fall der Mauer erleben würden, und so sind wir richtig glücklich, den Ostteil und die Umgebung Berlins per Auto zu bereisen. Nach der Grenzöffnung ging natürlich unser erster Ausflug in meine zweite Heimat, in den Spreewald. In den Nestern dort scheint die Zeit stehngeblieben zu sein. Kaum neue Häuser, unser Kino in Burg is geschlossen und gammelt vor sich hin. Jeden Sonntag fahren wir in die Außenbezirke Berlins zum Essen, erkunden neue Lokale, meistens kommt Carsten mit, mitunter auch seine kleine Freundin. Wird in der Zeitung die Eröffnung eines neuen Lokals oder Cafes angekündigt, sind wir zur Stelle, und wird darin eine Touristenroute gekennzeichnet und empfohlen, fahren wir die Strecke ab. So lernen wir nach und nach die Schönheiten der Mark Brandenburg kennen. Vorher hatten wir dazu ja keine Gelegenheit.

Vor einigen Jahren sind wir dann noch auf alte Tage zu Weltenbummlern geworden. Es fing damit an, daß 1981 eine Ostpreußengruppe aus Berlin nach Australien startete, um die, um Melbourne herum lebenden, Landsleute zu besuchen. Dort wohnt der Sohn unseres Schatzmeisters vom ostpreußischen Landesverband Berlin, Harry Spieß, und hat eine ansehnliche Ostpreußengruppe um sich geschart. Wir nahmen an dieser Reise teil, waren Gäste unserer Landsleute und wurden, wie das unter Ostpreußen so üblich is, ganz schön gemästet; auch de Nötigung hatten se nich verlernt.

Als dann 1985, wieder von der Landsmannschaft, eine Reise nach Namibia und Südafrika organisiert wurde, um auch hier Landsleute zu besuchen und auf einer Rundreise das Land kennenzulernen, waren wir auch mit von der Partie. Hier kamen auch Uschi und Joachim mit, wie auch bei der nächsten Tour, die wieder nach Australien führte, verbunden mit Stationen in Bangkok und Singapur, sowie einer vierzehntägigen Rundreise durch Neuseeland.

Wie das so is – hast geschmengert, willst noch mehr – wir nahmen auch an den nächsten Reiseaktivitäten der Ostpreußen teil: Rundreisen durch Süd-Amerika von Lima bis Buenos Aires und durch Kanada, mit dreitägigem Aufenthalt in New York. Sinn dieser, im Rahmen der Landsmannschaft Ostpreußen durchgeführten Reisen war ja, daß wir in den verschiedenen Ländern mit Ostpreußengruppen, mit denen vorher Kontakt aufgenommen wurde, Treffen hatten. Daß dabei auf Deiwel-komm-raus geschabbert wurd', is ja klar, aber es sind auch viele Bekanntschaften geschlossen worden und Briefwechsel in Gang gekommen.

Schließlich nahm ich mit Leni noch an einer Chinareise teil, die zwar auch in Gesellschaft von Landsleuten stattfand, aber rein touristischen Zwecken diente. Is mir nicht gut bekommen dieses Unternehmen, ich kam mit einem Herzinfarkt und einer Lungenentzündung zurück. Na – reden wir nich darüber.

Viel erlebt und gesehn haben wir in den letzten Jahren, wir haben interessante und nette Leute kennengelernt, haben alle Erdteile bereist – aber ein Reiseziel war mir versagt geblieben: Meine Heimat im nördlichen Ostpreußen. Diesen Wunsch hab' ich mir, da seit kurzem Reisen nach dort gestattet sind, im Herbst vorigen Jahres, im Oktober 1991, erfüllt. Ich war in Heiligenbeil und Zinten. Ich stand in Zinten und konnt' es gar nich fassen, daß ich überhaupt nuscht wiedererkannt hab', ja überhaupt nuscht Bekanntes vorfand; nich die Straße in der wir gewohnt haben, nich unser Haus – nuscht! Alles weg! –

Im September werd' ich ja nu achtzig. Ich kann das manchmal gar nich fassen. Und wenn ich ehrlich bin – so fühl' ich mich noch nich! Die Weisheit, die man ja mit dem Alter erlangen soll, is mir bis jetzt auch versagt geblieben, aber ich geb' die Hoffnung nich auf, v'leicht kommt se noch. Wahrscheinlich hab' ich noch nich das nötige Alter dafür.

Bißche traurig bin ich manchmal darüber, daß unsere Herrenabende nich mehr stattfinden können. Wegen mangelnder Beteiligung. Schon 1985 wurde dem Walter Moreike das Kegeln zum Verhängnis, er bekam dabei einen Herzinfarkt und starb, kurze Zeit danach verabschiedete sich der Schorsch und vor vier Jahren der Franz Hennig. So sind bloß noch Gustav und ich von der Clique übrig geblieben, und wir beide versuchen, dem Leben die besten Seiten abzugewinnen.

Blick' ich heute so auf mein Leben zurück, dann mein' ich, daß es darin doch ganz schön bunt zuging; mal schwamm ich oben, mal wurd' ich untergeduckt. Aber so is nu mal das Leben: koddrig und lustig.

Was Heinz Thews mir nicht erzählt hat, erfuhr ich von Tochter Uschi: „Vater war, als er von Ostpreußen zurückgekommen war, nicht wiederzuerkennen: Er war in sich gekehrt, sprach kaum ein Wort, wollte nicht essen, konnte kaum schlafen, und wenn er schlief wurde er von Alpträumen gepeinigt, schlug um sich oder sprang aus dem Bett. Dieser Zustand hielt mehrere Wochen an, und wir machten uns große Sorgen um ihn. Daß meinen Vater, der doch so eine Frohnatur war, das Wiedersehn mit seiner geliebten Heimat, die er nicht wiedererkannt hatte, so tief erschütterte, machte Mutti und mich ganz betroffen."

Alle, die Heinz Thews näher kennen, wissen es: Er ist mit jeder Faser seines Herzens ein Ostpreuße geblieben.

EINE NICHT ALLTÄGLICHE TANTE

Meine Tante hieß „Auguste" und hat zeitlebens unter ihrem Namen gelitten. Als alte Dame, die Achtzig bereits überschritten, hatte sie es mir gestanden. „Immer", so sagte sie, „wenn ich auf einem Amt eine Unterschrift leisten mußte, habe ich mich für meinen Namen geschämt."

Dabei – das wußte ich – hatte dieser Name für meine Tante eine Ehre sein sollen. „Auguste" hieß die Kaiserin, Gemahlin des Deutschen Kaisers Wilhelm I., und Tantes Mutter hatte das Kind, letztes ihrer vier Sprößlinge, 1895 auf diesen Namen taufen lassen. „Mein Kind, du trägst den Namen der Kaiserin, vergiß das nie, Auguste", hatte sie einst ihrer Tochter eingetrichtert.

Auguste hat es nie vergessen, jedoch dem Sinn ihrer ehrheischenden Mutter gänzlich entgegengesetzt.

Tante war die Schwester meiner Mutter und lebte, bis zu ihrer Heirat im reifen Alter von neunundvierzig Jahren, in unserer Familie auf dem Bauernhof. In Ostpreußen. Meine beiden Brüder und ich nannten sie einfach „Tante", alle anderen Tanten der Verwandtschaft bekamen die Vornamen angehängt. „Unsere" Tante nicht, sie genoß den Vorzug, „die" Tante zu sein.

Meine Cousinen sagten „Tante Aua" zu ihr. Ob von Tante so gewollt, oder einst dem Unvermögen eines Kleinkindes entsprungen „Auguste" zu artikulieren, weiß ich nicht. Aber ich muß dieses „Tante Aua" als Kind wohl sehr albern empfunden haben, denn ich erinnere mich, daß ich bei dieser Anrede ein Gniddern nicht ganz unterdrücken konnte.

Alle anderen – Freunde, Verwandte und natürlich auch meine Mutter – redeten sie mit „Gustel" an, oder auch „Gustchen", nach echt ostpreußischer Manier, mit dem angehängten „chen" alles zu verniedlichen. Nur mein Vater nannte sie

Tante Auguste

„Guste“, was bei Tante jedesmal ein Zucken ihres rechten Mundwinkels zur Folge hatte.

Meine Mutter hatte den Hof von ihren Eltern übernommen gehabt, Vater hatte eingeheiratet. „Öngefriet“, wie die Bauern sagten. Tante aber setzte noch das kleine Wörtchen „nur“ davor. „Hast ja nur eingeheiratet“, hörte ich sie einmal zu meinem Vater sagen. Und vielleicht nahm sie sich deshalb das Recht, in der Wirtschaft mitzubestimmen. Worauf sich mein Vater wohl das Recht nahm, sie mit „Guste“ anzureden.

Tante war Schneiderin. Eine gute Schneiderin und eine billige Schneiderin. Vier Deutsche Reichsmark nahm sie für ein Kleid mit einfachem Schnitt, das sie mit Hilfe ihrer „Singer“ Tret-Nähmaschine an einem Tag fertigte. Aber ein Tag hatte für Tante nicht selten zwölf Stunden. Oft, sehr oft hatte mich als Kind das Rattern ihrer Nähmaschine aus dem Nebenzimmer in den Schlaf begleitet. Im Winter bedeutete das für sie, die kniffligen Näharbeiten über vier bis fünf Stunden bei gelblichem Petroleumlampenschein zu bewältigen, denn bis zu unserem Dorf war die segensreiche Einrichtung der Elektrizität noch nicht vorgedrungen.

Zu Tantes Kundenkreis zählten nicht nur unsere Bauersfrauen samt ihren Töchtern, sondern auch Damen, die in unserer dörflichen Gegend gehörigen Respekt genossen: Frau Lehrer, Frau Amtsvorsteher, Frau Pfarrer, Frau Forstmeister und sogar die Gattin des Wassermühlenbesitzers aus dem zehn Kilometer entfernten Lasdehnen.

War eine dieser honorigen Damen zur Anprobe bestellt, bedeutete das für meine Mutter und mich zusätzliche Arbeit. Meine Mutter mußte, auf Tantes Anordnung hin, Kuchen backen, den Tisch in der guten Stube decken, ich mußte den Flur scheuern, etwaige Schlorren vor der Haustür wegräumen und den Hof im Bereich des Eingangs mit dem Strauchbesen fegen; hier war der Hühner liebster Aufenthalt, und sie sorgten ständig für Hinterlassenschaften.

So waren Mutter und ich von Tantes Prominenten-Kundschaft durchaus nicht begeistert.

Drei Dinge faszinierten mich an meiner Tante: ihre sichere Hand beim Zuschneiden der Kleider, ihre schnelle Sprache und ihr Hühnerauge. Das bearbeitete sie alle vierzehn Tage mit Papas altem Rasiermesser. Am Sonntagvormittag. Eine Stunde lang war dann die Küche für Tante reserviert, niemand durfte stören. Mich brauchte sie allerdings zum Heißwasser-Nachgießen für ihr Fußbad in Kernseifenlauge, und danach durfte ich zusehen, wie sie ihr Hühnerauge – rechter Fuß dritter Zeh von links – in Angriff nahm. Das war richtig spannend, vor allen Dingen deshalb, ob das scharfe Rasiermesser vielleicht mal ausrutschen würde. Aber so geschickt wie Tante mit Schere und Nadel umging, handhabte sie auch das Rasiermesser. Vorsichtig schälte sie die aufgeweichte Hornhaut des höckrigen Gebildes Schicht um Schicht ab, bis sich, etwas tiefer im Fleisch sitzend, ein dunkles Pünktchen zeigte. Tante legte das Rasiermesser aus der Hand, raspelte noch einige Unebenheiten ab, schmierte den Zeh mit Vaseline ein und zog ihre Maco-Strümpfe an.

Wieder einmal hatte sie es ohne Blutvergießen geschafft und vierzehn Tage Ruhe vor dem peinigenden Ungeheuer.

Die Ostpreußen sind dafür bekannt, daß sie langsam und bedächtig sprechen. „Der redt‘ wie e Endche Licht“, sagte man von einem, der besonders langsam sprach. Tante bildete da eine Ausnahme, und ich glaube, über ihre schnelle Sprache wurde im Dorf gelästert. „Dä spräkt so schnell, so schnell kannst goar nich kicke“, schnappte ich einmal auf, als sich Bauer Boikies mit seinem Nachbarn unterhielt (Kinder hören mitunter auch das, was sie nicht hören sollen).

Ließ Tante ihr „nanananananana“ vom Stapel, das dem Rattern ihrer Nähmaschine glich, hieß das: Achtung! Entweder meinte sie mich, die gerade im Begriff war, etwas anzustellen, oder die Katze, die eine Garnrolle durchs Zimmer jagte und der abgewickelte Faden sich um Tisch- und Stuhlbeine schlang. Wollte Tante mich ärgern, rasselte sie los:

HildewiedeWilde
wiedewitteKatilde
wiedewitteKatilde
katholischeHilde.

Zuerst ärgerte ich mich darüber fürchterlich, aber dann versuchte ich, dieses Wortgerebbel nachzusprechen, und ich übte und übte. Ganz so schnell wie Tante schaffte ich es nicht, jedoch vermute ich, daß das Üben Folgen gehabt hat: Als Ostpreußin spreche ich wahrlich zu schnell.

Zuschneiden war für meine Tante kein Problem. Den Kleiderstoff legte sie, die Bahn in der Mitte gefaltet, auf den langen Ausziehtisch, mit Zentimeterband und Kreide markierte sie die Maße der betreffenden Kundin, deutete strichelnd die Konturen an – und schon schnitt sie drauflos. Ein Schnittmuster nahm sie nur zur Hilfe, wenn die Kundin sich einen sehr komplizierten Schnitt ausgesucht hatte.

Ich kann mich nicht daran erinnern, daß Tante jemals ein Kleid verschnitten hat. Das hätte in unserem Haus ein mittleres Erdbeben zur Folge gehabt, und daran würde ich mich mit Sicherheit erinnern. Aber Pannen kamen schon mal vor, beispielsweise, daß sie eine Naht auftrennen und neu nähen mußte. Einmal war es besonders dramatisch. Tante nähte an einem Brautkleid, unter großem Zeitdruck. Um fünfzehn Uhr sollte die kirchliche Trauung sein, um zehn Uhr nähte sie an dem Kleid noch die letzten Stiche mit der Maschine. Plötzlich Tantes Aufschrei: „Erbarmung – Erbarmung – was mach‘ ich nu bloß? Anna! Anna, komm schnell!“ Meine Mutter stürzte ins Zimmer.

Was war geschehen?

Der Rocksaum des langen Kleides war in das geölte Gelenk des Schwungrades geraten, schwarze Streifen zierten das blütenweiße Kleid!

Und nun weiß ich nicht mehr, mit welchen Mitteln die Flekken ausgemerzt wurden, ob mit Benzin, Terpentin oder vielleicht Butter, die betroffene Partie wurde jedenfalls noch mit Seifenlauge behandelt. Nach dem Bügeln war dann von dem Mißgeschick nichts mehr zu erkennen.

Apropos Bügeln: So sagten wir in Ostpreußen natürlich nicht, wir sagten „plätten". Und wir plätteten noch mit dem gußeisernen Kohle-Plätteisen, dessen Handhabung schon einiges Geschick erforderte. Schon beim Einfüllen der Glut mußte man höllisch aufpassen, daß diese nicht aus der Zange rutschte, bevor sie die aufgeklappte Öffnung des Plätteisens erreichte, und noch mehr beim Plätten, daß die aus den Seitenlöchern entweichenden Funken nicht den Stoff versengten. Eine gleichbleibende Temperatur war bei diesem Ding auch nicht zu erwarten, sie mußte in Abständen mit spuckegenäßtem Zeigefinger geprüft werden. Kam nur ein zaghaftes Zischen zustande, wurde das Plätteisen hin- und hergeschwenkt, damit sich die leicht abgekühlte Glut durch die Luftzufuhr wieder erholte und weitergeplättet werden konnte.

Natürlich beherrschte Tante Dinge solcherart aus dem FF. Mußte sie doch mehrmals am Tag zum Plätteisen greifen, um Nähte und Knitterfalten zu glätten oder das fertige Kleid, das faltenfrei abgeliefert werden mußte.

Aber – und darüber hat sich von uns niemand gewundert – Tantchen war hochgradig nervös. Das verriet nicht nur das ständige leichte Zittern ihrer Hände, oft peinigten sie auch Schlafstörungen. Unserer Wanduhr, die alle fünfzehn Minuten ein melodisches Ding-Dong von sich gab, mußte zur Nacht das Schlagwerk abgestellt werden; auch wenn sie als sogenannte Hausschneiderin mal auswärts übernachtete, durfte nachts im Haus keine Uhr schlagen. Es war erstaunlich, daß ich mit fortgeschrittenem Alter, ich glaube mit elf Jahren, mit Tante in einem Zimmer schlafen durfte. In der sogenannten Oberstube. „Nur, weil du so leise atmest und dich nicht hin- und herwälzt, darfst du das“, sagte sie gnädig. Und ich wußte das durchaus zu schätzen. Aber wehe, ich hatte mir eine Erkältung eingefangen und hustete nachts! Dann war Tante gnadenlos, ich mußte das Zimmer räumen. Ich packte dann mein Pungel Bettzeug, tastete mich im Dunkeln die steile Bodentreppe runter und legte mich auf die Chaiselongue im Wohnzimmer.

Daß Tante eine schöne Frau war, kann man nicht unbedingt sagen, auf Fotos fand ich sie schön; besonders auf dem, wo sie, in Postkartengröße, mit ihrem einstigen Verlobten Arthur, der sie dann so schnöde verlassen hatte, leicht lächelte.

Aber eine gepflegte Frau war Tante. Das kann man von ihr mit Recht sagen, denn entgegen den Gepflogenheiten der Bauersfrauen, naturbelassene Haut zu zeigen, benutzte Tantchen Kosmetik. Zwar keinen Lippenstift, das hätte mit Sicherheit in unserem Dorf Anlaß zum Lästern oder zum „Speilzahnen“, wie wir dazu sagten, gegeben. Jedoch war ein Augenbrauenstift ihr tägliches Schönheitsutensil, und ihre schmalen Wangen, vorher mit Nivea eingecremt, betonte sie dezent mit Rouge und überpuderte danach das Gesicht. So haftete ihr immer ein leichter Pudergeruch an, und das roch ich gern.

Einmal in der Woche griff Tante zur Brennschere und ondulierte sich Wellen ins Haar. Bevor sie mit der, auf Spiritusflamme heißgemachten, Brennschere eine Haarsträhne erfaßte, prüfte sie die Hitze erst in Seidenpapier; meist waren es ausgediente Schnittmusterbögen. Wurde das Papier braun, wirbelte sie das Instrument an nur einem Griff so lange durch die Luft, bis es, beim nochmaligen Prüfen, weiß blieb, und das Ondulieren konnte beginnen.

Meine Mutter hätte es gern gesehen, daß ich auch nähen lerne. Die Gelegenheit wäre doch so günstig, wo Tante es mir beibringen könnte, argumentierte sie. Ich glaube, ich bin immer eine gehorsame Tochter gewesen und war bestrebt,

Wünsche meiner Mutter zu befolgen, aber nähen lernen – nie!

„Wenn ich nähen kann, muß ich später nähen, und dann werde ich vielleicht so ein Nervenbündel wie Tante, nein, nähen lernen werde ich nicht. Nie – nie – nie!" Meine Mutter sah mich ein wenig erstaunt an, so einen energischen Ton war sie von mir wohl nicht gewöhnt. Dann lächelte sie leicht und nickte langsam mit dem Kopf. Ich hatte eine sehr verständnisvolle Mutter.

Im fünften Kriegsjahr, 1944, hat Tante geheiratet.

Der Auserwählte wurde ihr zugefreit. Solches hatten wohlmeinende Nachbarn oder Bekannte schon des öfteren vergeblich versucht, Tantchen war wählerisch. Bäuerliche Junggesellen oder ebensolche Witwer verschmähte sie. Diesmal allerdings schien es ernst zu werden, als ihr der Oberlehrer a. D. Richard S. aus Kleinmachnow bei Berlin offeriert wurde. Herr Oberlehrer war Witwer, einundsechzig Jahre, war eine durchaus stattliche Erscheinung, trug ein Oberlippenbärtchen und spielte Klavier und Geige. Er war dem bombengefährdeten Berlin entflohen und hatte sich bei einem Bauern im nahen Galbrasten einquartiert. Nahe war dieses Dorf wohl, aber davor floß die Szeszuppe, und die nächste Brücke gab es erst im fünf Kilometer entfernten Wedereitischken, sodaß die nun folgenden Rendeszvous äußerst problematisch waren.

Als sich dann eine engere Beziehung zwischen den beiden entwickelte, siedelte Tantes Verehrer um und nahm sich ein Zimmer in unserer Nachbarschaft. Den größten Teil des Tages aber hielt er sich bei uns auf und aß auch bei uns.

Ich, zu dieser Zeit siebzehn Jahre alt und bereits zarte Liebesbezeugungen erfahren, war immer wieder erstaunt über das verliebte Getue der beiden. Ich hielt es wirklich für Getue. Dieses Tätscheln, Händchenhalten, Küßchen hier – Küßchen da, mein Schatz, mein Goldstück – wie peinlich! In dem Alter! (Tante war 48, ihr Oberlehrer 61. So sieht man das mit siebzehn Jahren.)

Am 6. März dann gab es eine stille Hochzeit im Hause Mischke. Nur standesamtliche Trauung, eine kleine Feier im engsten Familienkreis. Mein Bruder Werner war am 22. Januar gefallen.

Tante hatte nun eine neue Heimat in Kleinmachnow gefunden, in unserem Haus war es still geworden. Kein Nähmaschinenrattern mehr bis in die Nacht, keine Kundinnenbesuche, aber auch keine Stecknadeln, Fusseln und Stoffreste mehr auf dem Wohnzimmer-Fußboden. „Bei uns ist jetzt immer wie Sonntag", meinte meine Mutter.

Und meine Tante? Sie hatte jetzt einen anderen Nachnamen, aber „Auguste" hieß sie noch immer.

Tantes Verehrer, Oberlehrer a. D. Richard S.

UNSER KLEINEMPFÄNGER

Nein, unser Opa war es nicht – der Kleinempfänger. Immerhin wäre es ja möglich, daß man hinter dieser Bezeichnung einen Ruheständler vermuten könnte, der eine kleine Rente bezieht.

Unser Opa jedoch empfing überhaupt keine Rente. Das, was er mit Oma zum Leben brauchte, erhielt er von meinen Eltern aus dem Altenteil. Und damit er auf sein wöchentliches Quartierchen Korn nicht verzichten mußte, setzte er in der Szeszuppe seine Netze und Reusen aus, warf Schnüre und fing damit Barsche, Zehrte, Rotfedern, Quappen und mitunter auch wahre Prachtexemplare von Hechten, die er in der Nachbarschaft für etliche Dittchen verscherbelte.

Unser Kleinempfänger hatte seinen Platz auf einem viereckigen Tischchen aus Peddigrohr, das im Wohnzimmer neben dem dreiteiligen Fenster, das von einer weißen Spitzengardine umschmeichelt wurde, stand. Er begnügte sich mit einer Fläche, die bestimmt nicht größer als dreißig mal fünfzehn Zentimeter war, und mehr als dreißig Zentimeter in der Höhe konnte man den Gnubbel auch nicht schätzen. Seine beiden Gehilfen waren da weitaus unbescheidener, sie füllten die verbleibende Tischfläche voll aus. Aber ohne diese beiden wäre unser Kleinempfänger zum Schweigen verurteilt gewesen, und so war er, wollte er sich Gehör verschaffen, gezwungen, mit ihnen in ständigem Kontakt zu stehen; in sehr engem Kontakt sogar. Den stellten zwei Kabel her, eines führte zum Akku, das andere zur Anode.

Richtig: Unser Kleinempfänger war ein Radio, der kleine Bruder des Volksempfängers. Dieser war fast doppelt so hoch, er kostete aber auch doppelt so viel: siebzig Deutsche Reichsmark. Der kleine Bruder also fünfunddreißig Mark, aber diese bedeuteten damals für einen Bauern immerhin den Gegenwert von drei Ferkeln, zweihundert Litern Milch oder vier Zentnern Weizen.

Trotz vier Zentner Weizen, drei Ferkel oder zweihundert Liter Milch – im Juni 1940 wollte mein Vater ein Radio haben, eben diesen Kleinempfänger; das heißt, er hatte gar keine andere Wahl, im zweiten Kriegsjahr gab es nur noch diesen. Und das auch nur, wenn das einzige Elektro-Geschäft im zehn Kilometer entfernten Lasdehnen einige Apparate geliefert bekommen hatte und man diesen Zeitpunkt gerade abpaßte.

Dieser ziemlich plötzlich entstandene Wunsch meines Vaters hatte seinen Grund: Täglich las er in der „Tilsiter Allgemeinen" vom siegreichen Vormarsch unserer glorreichen Wehrmacht in Frankreich, und er las auch, daß mehrmals täglich Sondermeldungen im Radio durchgegeben würden. Diese wollte er hören!

Leidenschaftlich gern diskutierte er mit unserem nächsten Nachbarn Turkat über das Kriegsgeschehen, über Politik, und natürlich fielen dabei auch Namen von derzeitigen Staatsmännern. Kein Problem für meinen Vater bei der Aussprache der Namen unseres Dreigestirns Hitler – Göring – Goebbels, natürlich auch nicht bei Stalin. Aber Churchill, Roosevelt und Daladier sprach Vater auch buchstabengetreu, wie er sie in der Zeitung gelesen hatte, aus; also deutsch. Einmal hatte ich es gewagt, ihn bei seinem „Churchill" zu korrigieren, denn längst hatte uns unser Lehrer die englische Aussprache vermittelt gehabt. „Papa", sagte ich, „das wird doch Tschörtschel ausgesprochen." Er stutzte etwas, dann reckte er sich, wischte mit seiner großen Hand durch die Luft und sagte in einem Ton, der keine Widerrede duldete: „Marjell – öck benn dietsch, öck schriew dietsch, öck läs dietsch, un – öck – spräk – uck – dietsch!!" Die letzten Worte kamen akzentuiert, wuchtig, – jeder derzeitige Agitator hätte hierbei von meinem Vater lernen können.

Vater Mischke

So kam es also, daß Vater eines schönen Juni-Tages, nachdem er in Lasdehnen auf dem Markt einige Ferkelchen verkauft hatte, einen Karton ins Wohnzimmer brachte und ihn vorsichtig auf den Tisch abstellte. „So, – nu häbb‘ wi uck e Radio“, sagte er und nickte zufrieden mit dem Kopf.

Ob dieses betonte „uck“ (auch) vielleicht bedeutete, daß es meinen Vater gewurmt hatte, daß einige Kleinbauern in unserem Dorf bereits ein Radio hatten und wir nicht? Die Anzahl der Volksempfänger, die in den Wohnzimmern unserer fünfunddreißig Bauern standen, weiß ich nicht, aber in drei Haushalten gab es schon 1938 je einen Apparat Marke „Körting“, „Nora“ und „Blaupunkt“.

Ich erinnere mich noch genau an den Tag, als mich auf dem Heimweg von der Schule meine Banknachbarin Ruth einlud mitzukommen, um ihren Körting zu bewundern. Ich ging mit, und ich bewunderte. Einmal schon das schmucke Aussehen und die stattliche Größe des Apparates namens „Körting“, und dann bewunderte ich Ruth, wie sie das kostbare Stück in Betrieb setzen konnte und vor allem – durfte! Und schließlich bewunderte ich den sauberen Klang, der das niedrige Zimmer füllte, als spiele darin ein ganzes Orchester. Welch ein Unterschied zu der Musik, die ich aus Tante Lenchens altem Radio mit den grünen Flügelschrauben gehört hatte; quäkend, jaulend, von ständigem Knistern unterbrochen, war sie wahrlich kein Ohrenschmaus gewesen.

Ruth sah mich erwartungsvoll an, wollte vielleicht einen Begeisterungsausbruch von mir hören.

Zickig wie sich mitunter angehende Backfische benehmen und darum bemüht sind, selbst besten Freundinnen eins auszuwischen, hätte ich vielleicht sagen können: „Pah – was ist das schon! – So einen Apparat könnten sich meine Eltern jeden Tag kaufen!“ (Immerhin hatten wir zehn Morgen Land mehr als sie!) Aber nein, ich war ehrlich und sagte, daß ich sie darum beneide, solche Musik jeden Tag hören zu können.

„Was du jetzt hörst, ist eine Operette“, belehrte mich Ruth. Und ich mußte ihr das glauben, weil ich mit zwölf Jahren noch nie eine Operette gehört hatte. Aber ihr hochnäsiger Ton bei diesem „Das ist eine Operette“ hatte mich geärgert. Das klang so, als hätte sie gesagt: „Ätsch – ich weiß jetzt etwas, was du nicht weißt.“ Sie wußte natürlich, daß Musik mein herausragendes Lieblingsfach war, kannte auch meine dementsprechenden Zeugnisnoten und wußte auch, daß ich seit einem halben Jahr ein Akkordeon besaß, dem ich, zunächst unter Anleitung unseres Lehrers, passable Melodien ausquetschte. Allerdings waren meine dankbarsten Zuhörer unser Hund und die Gänseschar. Spielte ich an lauen Sommerabenden auf der Bank vorm Haus, kamen die Gänse, im Pubertätsalter schon erste Federkleidansätze aufweisend, mit prallgefüllten Schiefkröpfen von der Weide-Grasmahlzeit angewatschelt und ließen sich, dichtgedrängt, zu meinen Füßen niederplumpsen. Bald hielten einige Gänschen ihre Köpfchen schief und gaben beifällig säuselnde Laute von sich, andere steckten wohlig ihre Köpfchen unter die Flügel. Hund „Rino“ stellte sein Hin- und Herlaufen an der Kette ein, sobald ich mich mit dem Akkordeon auf die Bank setzte, legte sich hin, bettete seinen Kopf auf die Vorderpfoten und ließ kein Auge von mir. Ob ihm meine musikalischen Ergüsse gefielen, ließ Rino nicht erkennen, immerhin heulte er nicht.

Doch zurück zu unserem Kleinempfänger, von respektlosen Leuten „Goebbelsschnauze“ genannt.

Da stand er nun auf besagtem Peddigrohrtischchen, das fortan zum „Radiotischchen avancierte. Vorerst mußte der Knirps noch stumm bleiben, trotz Anschluß an Akku und Anode. Eine recht knifflige Arbeit stand meinem Vater noch bevor, für die seine, an Bauernarbeit gewöhnten, derben großen Hände nicht unbedingt geeignet waren: Eine Antenne mußte vom Dach des Stalles aus zum Hausdach gezogen werden. „Je länger der Draht, desto besser der Empfang“, hatte der Verkäufer meinem Vater geraten und auch die Wichtigkeit für das Erden der Antenne erklärt.

So ruhte nun einen ganzen Tag jegliche Feldarbeit, mein Vater und unser sechzehnjähriger Gehilfe Alfred krochen Leitern rauf und runter von einem Dach zum anderen, hämmerten, schraubten, knüpften und spannten den Draht.

Kaum, daß sie die Arbeit beendet hatten, saßen schon unsere Schwalben, deren Nester sich unterm Dach des Hauses von Jahr zu Jahr vermehrten, besitzergreifend auf dem etwa zwölf Meter langen Draht und duldeten fortan neben sich weder Spatzen, noch unseren Starmatz samt Familie, die doch eigentlich mit ihrem Nest unter den Dachziegeln des Stalles auch Hausrecht hatten.

Als Papa dann verkündete: „Nu war öck dem Apparat anmoake“, waren wir alle zur Stelle, meine Mutter, Tante, Alfred und ich. Gebannt starrte ich auf das kleine Radio in seinem schwarzen Bakelit-Gehäuse. Papa drehte den Einschaltknopf nach rechts, ebenso den Knopf für die Lautstärke, es rauschte schon, knisterte leise, und als Papa die Senderscala, die waagerecht halb unter der Stoffbespannung aus dem Gehäuse ragte, bewegte – vernahm mein Ohr Musik! Kein volltönender Klang wie aus Ruths Körting, auch keine Operette, sondern zackige Marschmusik, aber unser Kleinempfänger funktionierte!

Meine Tante, die sich fast den ganzen Tag mit ihren Schneiderarbeiten im Wohnzimmer aufhielt, meinte: „Na, da werde ich wohl diejenige sein, die am meisten Radio hört. Franz, ich bezahle die Hälfte, und ich werde auch immer eine neue Anode kaufen, wenn die alte verbraucht ist.“

Was mein Vater daraufhin wörtlich sagte, weiß ich nicht mehr, aber es fiel mir auf, daß er sie in seinen Dankesworten doch tatsächlich „Gustel“ nannte.

Dieser kleine Knirps schaffte es, daß sich bald einige unserer Lebensgewohnheiten änderten: Hatten wir bis jetzt unser

Abendbrot gemeinsam am Küchentisch, mit dem darüber hängenden unverzichtbaren Fliegenfänger neben der Petroleumlampe, eingenommen, wurde nun der Tisch im Wohnzimmer gedeckt. Tante mußte zwar ihre darauf liegenden Nähutensilien erst forträumen, tat es aber ohne Murren. War sie doch die erste gewesen, die sich mit ihrem Abendbrotteller ins Wohnzimmer verzogen hatte. „Ich muß Nachrichten hören“, hatte sie gesagt. Worauf mein Vater nicht einsah, daß ausgerechnet er, der doch für seine Diskussionen mit Nachbar Turkat mit neuesten Informationen Eindruck schinden konnte, nicht Nachrichten hören sollte und der nächste war, der sich ins Wohnzimmer verzog. Und ich? Ich hatte schließlich den wichtigsten Grund, die neuesten Nachrichten zu hören, um mich an aktuellen Gesprächen im Rahmen des Geschichtsunterrichts bei der sogenannten Gegenwartskunde zu beteiligen. Also ab ins Wohnzimmer.

So kam es dazu, daß Mutter gleich für uns alle die schlorrengroßen Schwarzbrotscheiben, Butter oder Schmalz, Wurst und Schinken, oder die Milch-Klunkersuppe mit Bratkartoffeln, Glumse mit Schmand oder süßsaure Peluschken auf den Wohnzimmertisch plazierte.

Auch die Geräuschkulisse in unserem Haus hatte sich verändert. Das Rattern von Tantes „Singer“-Tret-Nähmaschine, das Knistern des Herdfeuers und Burbeln des kochenden Mittagessens, das manchmal auf den Wecker gehende laute Ticken der Wanduhr mit ihren als Tannenzapfen geformten Gewichten, vermischten sich mit den Tönen unseres Kleinempfängers, Sprache oder Musik. Bekannte Melodien begleitete Tante mit Trällern oder Mitsummen, was durchaus eine hinzukommende angenehme Mischung war, denn sie hatte eine gute Stimme. Ja, Tantchen brachte ihren Sopran sogar im Chor der hiesigen Frauenschaft ein, dem unser Lehrer vorstand. Er studierte mit den Damen mehrstimmige Volkslieder ein, die sie an Dorfgemeinschaftsabenden oder bei den obligatorischen, politisch eingefärbten Maifeiern zum besten gaben. An so einer Maifeier sang der Chor, neben anderen Frühlingsliedern, auch „Im Märzen der Bauer die Rösslein einspannt“, wo es dann weiter heißt „er setzt seine Felder und Wiesen in Stand“. Ein Sopran sang deutlich „er setzt seine Felder und Wiesen in Brand“. Und das war mein Tantchen. Lehrer B. vergaß weiter zu dirigieren, unterdrückte Lacher kamen aus dem Publikum, der Chor verstummte, schließlich lachten alle im Saal und der Chor samt seinem Leiter mit ihnen. Tantchen aber war mit ihrem „Brand“ zum Star des Tages geworden.

Immer am Sonntagnachmittag wurde das Wunschkonzert mit Heinz Goedecke gesendet. Mit dieser Sendung sollte die Verbindung zwischen Front und Heimat demonstriert werden, so recht für das deutsche Gemüt maßgeschneidert. Hier wurden Musikwünsche erfüllt „… von den Kameraden der Kompanie XYZ …“, von einzelnen, namentlich genannten Landsern oder höheren Chargen, die damit ihre Grüße an Mutter, Schwester, Braut oder Ehefrau sandten. Letzterer hatte irgendjemand ein Lied erdichtet: „Tapfere kleine Soldatenfrau …“ Ihre Tapferkeit pries dann Wilhelm Strienz. Überhaupt: kein Wunschkonzert ohne Wilhelm Strienz mit „Heimat deine Sterne“, „Gute Nacht Mutter, gute Nacht“, oder Udine von Medwey mit „Es geht alles vorüber“ und Lale Andersen mit ihrer Kaserne vor dem großen Tor.

Ein ganz beträchtlicher Teil der Musiksendungen des „Reichssender Königsberg“ bestand aus Märchen und Soldatenliedern, von denen ständig neue produziert wurden, und wir damlichen Marjellens, aber auch die Jungens, plärrten alle nach, ob sie „Es ist so schön Soldat zu sein“ oder „Bomben auf Engeland“ hießen.

Herausragende Ereignisse waren die Übertragungen der „Ansprachen des Führers an das Deutsche Volk“, die vorher mehrmals durch einen Ansager mit äußerst wichtigtuender Stimme angekündigt wurden. Natürlich gehörten wir zum „Deutschen Volk“, und hörten natürlich auch die Reden des

Führers. Einzelne Worte davon habe ich noch heute im Gedächtnis, denn sie kamen in jede seiner Reden vor, entweder an den Anfang gestellt oder an anderer Stelle benutzt: „Als ich im Jahr dreiunddreißig an die Macht kam …“, mitunter sagte er auch „die Macht übernahm …“. Ich erinnere mich auch noch genau an die klopfenden Geräusche, die aus dem Radio kamen, wenn Hitler bei besonders markigen Worten anscheinend mit seinen Fingerknöcheln das Rednerpult bearbeitete und seine Stimme sich dabei in den Diskant steigerte.

Ein anderer Herr, ein gewisser Hans Fritzsche, sprach jeden Abend nach den Nachrichten seinen politischen Kommentar. Seine hämische Stimme, seine niederträchtigen höhnischen Äußerungen und schließlich seine offensichtlich tatsachenverdrehenden Kommentare waren nicht anzuhören. Sobald der Nachrichtensprecher ankündigte „den Kommentar spricht nun Hans Fritzsche“, schaltete einer von uns das Radio ab.

Mit den sich mehrenden Rückschlägen an der Front, die in den Nachrichten „… der heroische Kampf unserer tapferen Soldaten …“, „… der Feind große Verluste erlitten …“, oder bei Rückzugsgefechten „… sinnvolle Begradigung der Front …“ hießen, mehrten sich auch unsere Zweifel an der Glaubhaftigkeit der Berichte. Auch der Sender von BBC London, den ich eines Abends beim Drehen der Senderscala zufällig fand, trug dazu bei; und wir versuchten danach seine Nachrichten in deutscher Sprache des öfteren zu hören. Sie wurden durch dumpfe rhythmische Paukenschläge angekündigt. Diese konnten wir noch ziemlich deutlich vernehmen, dann aber wurde die Stimme des Sprechers durch unseren Störsender verzerrt, oder durch eine Stimme mit den Worten „Alles Lüge – alles Propaganda“ übertönt. Dennoch, dennoch – unsere Zweifel waren geweckt.

Ja, – wenn wir unseren Kleinempfänger nicht gehabt hätten!

Wie wohl hätten wir, die wir in einem der abgelegensten Winkel Ostpreußens gewohnt haben, Erich Börschels „Spatzenkonzert“ hören können, wie wohl Willi Glahés „Tanzende Finger“ auf dem Akkordeon oder gar die Berliner Philharmoniker unter Furtwängler? Nie hätten wir Ludwig Manfred Lommel gehört, bei dessen Sketch von der „Cuttaway-Hose“ Tante und ich Tränen gelacht haben, und von Gisela Schlüter mit ihrer schnellen Sprache hätten wir bestimmt erst nach dem Krieg zu hören bekommen. Auf sie aber wurden wir bereits 1943 aufmerksam, als der Königsberger Sender ihre „Handtäschchen auf, Handtäschchen zu“ Story übertrug. Spontan hatte ich ausgerufen: „Tante – die spricht ja noch schneller als du!“ Jeden Sonntag, kurz nach dem Mittagessen, gab Schimkat den Bauern hilfreiche Ratschläge, wie, wann, wo oder was sie beachten sollten. Ob es die Feldbestellung, die Ernte oder die Viehwirtschaft war, mit der Sendung „Schimkat ist der Ansicht“ waren unsere Bauern immer gut beraten, und so kam mein Vater um sein Nikkerchen nach dem Essen, er mußte „seinen Schimkat“ hören. Und wer wohl hätte bei meinem Vater einen Sinneswandel herbeiführen können? Das schaffte unser Kleinempfänger: Vater sagte jetzt „Tschörtschel“.

Anfang August 1944 verstummte unser kleiner Freund. Nicht weil er defekt war, nein. Am Akku lag es auch nicht, ich hatte ihn gerade erst mit dem Fahrrad von der Aufladestelle in Wedereitischken geholt und mir dabei, wie schon des öfteren, von seinen Säurespritzern ein Loch im Kniestrumpf eingefangen. Schuld an seinem Schweigen war die Anode, die verbraucht war, und es gab zu dieser Zeit keine neuen mehr zu kaufen.

Das letzte, was wir aus dem kleinen Lautsprecher, kaum noch vernehmbar, zu hören bekamen, war, daß sich unsere Truppen, um die Front zu begradigen (!), bis nahe an die Grenze Ostpreußens zurückgezogen hätten.

Dann blieb er stumm für immer, unser Kleinempfänger.

SALZHERING FÜR DEN BANDWURM

Jeder im Dorf Urdupönen wußte, daß der Bauer Albert Jekstat ein Spaßvogel war. „Der is nich bloß e Spaßvogel, der is auch fromm', sagten die Urdupöner von ihm. Und die alte Frau Kairies schüttelte den Kopf: „Spaßig und fromm paßt nich zusammen, is wie zwei linke Schuh."

Doch gerade diese zwei Wesenszüge waren es, die Albert Jekstat ein Übel gelassen und gottergeben hinnehmen ließen: seinen Bandwurm. Dieses gefräßige Ungeheuer hatte es geschafft, den kraftstrotzenden, stattlichen Mitvierziger in ein klapperdürres blasses Mannchen zu verwandeln. „Dem Jekstat kannst all das Vaterunser durch de Backen pusten", bedauerten ihn die Dorfbewohner. Einige hatten ihm bereits mehrfach gutgemeinte Ratschläge gegeben, und einige davon hatte der Bedauernswerte auch befolgt, nicht einer hatte auch nur das Geringste bewirkt, Albert mußte seine Mahlzeiten weiterhin mit dem gefräßigen Bandwurm teilen. Im Gespräch mit seinem Nachbarn Petereit behauptete er allen Ernstes, daß sein Bandwurm inzwischen schon an zehn Meter lang sein müsse, so viel wie die Krät fräße. „Mein Untermieter hat immer Hunger", klagte Albert, „immer muß ich essen und essen. Kaum, daß ich satt bin, hab' ich all wieder Hunger. Was meinst, wie anstrengend das is. Na, und ins Geld geht das auch, kannst mir glauben."

Petereit meinte, er solle doch mal drei Salzheringe hintereinander aufessen, er habe gehört, daß das ein todsicheres Mittel sein soll. „Darfst aber nuscht dazu trinken. Auch nicht hinterher! Der Krät muß son Durst krigen, daß er rein wie damlich wird, und denn kommt er rausgekrochen. Wirst sehn", Petereit nickte bekräftigend mit dem Kopf.

Als in der Woche darauf der Heringsbändiger mit seinem kleinen Kunterchen angezockelt kam, um die Bauern mit Heringen zu versorgen, war Albert Jekstat zur Stelle. „Gib mir drei Salzheringe für ein Dittchen.“ „Nanu, keine Matjes heute?“ wunderte sich der Heringsbändiger. Sonst aß Jekstat nämlich nur die milden Matjesheringe.

„Nei – die sind für meinen Bandwurm. Ich will ihm austrocknen.“ Der Heringsbändiger fischte die gewünschten Heringe aus dem Faß, und dabei schielte er zu seinem Kunden, ob er es ernst meine, oder ob er mal wieder seine Späßchen trieb. So gab er nur ein knappes „aha“ von sich.

Frau Jekstat bereitete ihrem Mann die Heringe zum Abendbrot. Wusch sie, nahm sie aus, zog die Pelle ab und pulte auch die Gräten penibel raus. Die sechs Heringshälften legte sie, gerollt, auf den Teller, tat in die Mitte jedes Röllchens ein Löffelchen Schmand und garnierte noch alles liebevoll mit Zwiebelringen. Den Rogen, den Albert immer so gern aß, plazierte sie an den Tellerrand und betrachtete wohlgefällig ihr Werk. Zufrieden nickte sie mit dem Kopf. „Nu iß man schön, Albert, v'leicht wirst jetzt das gefräßige Ungeheuer in deine Därmels endlich los.“

Und Albert setzte sich an den Tisch und aß. Zuerst zwei Heringshälften forsch hintereinander weg, auch ein Stück Rogen, dann aber wurde sein Kauen sichtlich langsamer, das Schlucken fiel ihm schwer und schwerer. „Nu wär' ganz gut, wenn ich e Tulpche Bier dazu trinken könnt', aber das soll ich ja nich, hat der Petereit gesagt“, brabbelte er vor sich hin und aß weiter. Frau Jekstat bewunderte still ihren Mann – wie tapfer er doch war!

Bis auf eine Heringshälfte und zwei Stück Rogen hatte Albert es schließlich geschafft, diese aber schaute er jetzt so angewidert an, als hucke da ein dicker Pogg auf seinem Teller. Angeekelt schob er den Teller von sich: „Schluß! Nu zwing ich rein gar nuscht mehr, kein' Happen krieg' ich mehr runter. Meine Kehl' is verspaakt wie e altes Gurkenfaß. Am besten, ich geh' schlafen, denn merk' ich v'leicht nich so den Durst“. Und Albert Jekstat begab sich zu Bett.

An Schlaf jedoch war nicht zu denken, er wollte und wollte sich nicht einstellen. Albert wälzte sich von einer Seite auf die andere, hin und her, und hin und her, und immer zum Greifen nah ein Glas perlendes Bier vor sich sehend. Der Schweiß brach ihm aus allen Poren. Eine ganze Stunde ertrug er dieses Martyrium, dann sprang er aus dem Bett und stürzte in die Küche.

„Ich verbrenn' ..." krächzte Albert. Riß den Stippel aus dem gefüllten Wassereimer auf der Bank und trank ihn in einem Zug leer.

Frau Jekstat, die beim Sockenstricken auf dem Stuhl ein bißchen eingenickt war, ließ vor Schreck ein paar Maschen fallen und schaute ganz entgeistert auf ihren Mann. „Albert – Albert! Nu hast alles verdorben! Hast die Hering' ganz umsonst gegessen!"

„Ich weiß", winkte ihr gepeinigter Mann mit matter Stimme ab, „aber weißt, der Durst war so graulich, so unmenschlich gewesen, – das hält doch kein Aas nich aus!". Sprach es, trank noch einen Stippel Wasser aus und schlurfte wieder ins Bett.

Natürlich sprach sich das Mißgeschick des Bauern Jekstat schnell im Dorf herum. Manche Urdupöner hatten Mitleid mit ihm, die meisten aber gnidderten darüber. Bauer Rimkus war einer von denen, die Mitleid mit Albert hatten und meinte, ein Mittel zu wissen, das hundertprozentig helfen würde, und außerdem Albert noch Spaß verschaffen würde. Nun war dieser ja für Spaß jederzeit zu haben und war neugierig. „Na, da bin ich aber gespannt, was is das für e Mittelche", fragte Albert. Rimkus schmunzelte. „Mußt mindestens zwei Quartierchen (1 Quartier 0,25 Liter) Korn hintereinanderweg trinken, besser noch wären drei Quartierchen. Denn is das Aas von Bandwurm so besoffen, der weiß nich wo hinten und vorne is und kommt rausgekrochen."

„Nei, nei", schüttelte Jekstat den Kopf, „das mach ich nich. Das Aas schläft bestimmt seinen Rausch aus, und denn is wieder alles beim alten. Und außerdem – du weißt doch, ich trink' kein' Schnaps."

Das wußte allerdings das ganze Dorf. Er trank nicht, er rauchte nicht, und er rührte auch keine Karten an. „Der liebe Gottche sieht das nich gern, warum soll ich ihm ärgern", war seine Antwort, wenn er aufgefordert wurde, solches mitzumachen.

Aber ein Laster – besser gesagt, eine Leidenschaft – hatte Albert Jekstat doch. Sie brach in jedem Jahr aufs Neue aus, sobald die Herbstarbeiten auf dem Feld beendet waren und die langen Winterabende begannen. Wenn die Urdupöner Bäuerinnen den Pfefferkuchen anteigten, die Gänse schlachteten und sich Gedanken über das Weihnachtsessen machten, fing Albert an, Osterhasen zu schnitzen. Ja, Osterhasen!

Alles hatte damit angefangen, daß er eine dicke Linde am Hoftor, die schon etwas morsch war und umzufallen drohte, fällen mußte. Nachbar Petereit halt ihm dabei, und gemeinsam sägten sie auch den Stamm klein. Am nächsten Tag machte Albert sich ans Holzhacken. Zwischendurch machte er eine Pause, setzte sich auf den Hauklotz und schnickserte, in Gedanken versunken, an einem Stück Holz herum, ohne etwas Bestimmtes im Sinn zu haben. Plötzlich stutzte er: Das sah ja aus wie ein Hase, was er da in der Hand hielt. Er besah sich das Holzstück von allen Seiten, drehte es hin und her, kein Zweifel, es war ein Hase. Ein Osterhase! In fünf Wochen war Ostern, und er beschloß, seinem vierjährigen Neffen einen Osterhasen zu schnitzen. Ihm selbst waren Kinder leider versagt geblieben.

Sein Erstlingswerk erregte im Dorf Aufsehen, der Osterhase wurde herumgereicht, bestaunt, Albert Jekstat wurde zum Tagesgespräch. „Der is ja direkt e Kinstler ...", „... und wie fein er ihm bemalt hat ...", „... wer hätte das von ihm jedacht ...", „... und das alles mittem Bandwurm im Bauch". So redeten die Urdupöner.

Und zum nächsten Osterfest bestellten sich viele von ihnen bei Albert einen Osterhasen. Für ihre Kinder, für ihre Enkelkinder, oder einfach für sich, als Zierde auf das Vertiko oder die Fensterbank zu stellen. Daraufhin schichtete Albert das Holz seiner alten Linde als Vorrat in den Schuppen, denn Lindenholz war weich und ließ sich gut bearbeiten.

Nach ein paar Jahren war der Bedarf an Osterhasen im Dorf gedeckt, jede Familie hatte ihre, oder ihren, Osterhasen: große, kleine, sitzende, stehende Männchen mit einer Kiepe auf dem Rücken, Weibchen mit bunt bemalter Schürze. Je nach Wunsch.

Jetzt endlich hatte Albert Zeit, Osterhasen für sich herzustellen, ja, er gieperte förmlich darauf, seine Ideen, die ihm während des Schnitzens gekommen waren, zu verwirklichen. Zuletzt war ihm das Schnitzen für andere schon zu eintönig geworden, immer die sich wiederholenden Formen und Farben, befriedigten nicht seinen schöpferischen Anspruch. Albert Jekstat fühlte sich zu höherem berufen, und sehnsüchtig wartete er auf den nächsten Winter.

Nachdem das letzte Getreide gedroschen, Häckselvorrat für den Winter geschnitten und das Pochelchen geschlachtet worden war, konnte Albert an die Vorbereitungen zu seinen künstlerischen Werken denken. Tagelang, bevor er mit seiner Arbeit anfing, gnidderte er in sich hinein, wieder und wieder, seine Frau wurde schon ärgerlich. „Was gnidderst du bloß immerzu, Albert? Man könnt' denken, du bist e Happche damlich!" „Wart' man ab, – wirst schon sehn. Wirst schon sehn!" Und er grinste so breit, daß seine Ohren Besuch bekamen.

Alsbald begab sich Albert in seine kleine Werkstatt, die er schon vor einigen Jahren am Stall angebaut hatte, legte das Schnitzwerkzeug bereit und heizte auch den kleinen Kanonenofen schon mal an, damit der Raum für den anderen Tag vorgewärmt war: denn da wollte er beginnen.

In den folgenden Wochen bekam Frau Jekstat ihren Mann nur bei den Mahlzeiten, im Stall bei der Viehfütterung und am Abend zu Gesicht. Und am Sonntag; da siegte seine Gottesfurcht über seine Leidenschaft, denn „Am siebenten Tag sollst du ruhn", hatte der Herr gesagt. So ließ er seine Hände ruhn und las am Vormittag seiner Frau eine Stunde lang aus der Bibel vor.

Den ganzen Winter über schnitzte und raspelte und malte Albert wie besessen, dann hatte er es geschafft. Behutsam packte Albert seine Kunstwerke in vier selbstgeflochtene große Weidenkörbe, trug sie in die gute Stube und stellte sie auf Vertiko, Kommode und die beiden Fensterbänke. Einige Mühe machte ihm noch, seine Werke auf harmonische Wirksamkeit abzustimmen, stellte sie hier und da noch um, dann glaubte er, alle in die richtige Position gebracht zu haben.

Wohlgefällig betrachtete er seine Osterhasenparade und rief seine Frau. Sie sollte seine erste Kritikerin sein.

Frau Jekstat kam, sah Osterhasen auf dem Vertiko, sah Osterhasen auf der Kommode, sah Osterhasen auf beiden Fensterbänken. Sie griff nach dem nächsten Stuhl, setzte sich und murmelte resigniert: „Erbarmung – de ganze gute Stub' voll Osterhasen!"

Albert hatte gehofft, aus dem Munde seiner Frau, Worte der Bewunderung für sich, dem großen Künstler, zu vernehmen und verzückte Blicke für seine Werke, jetzt war er zutiefst enttäuscht. Doch halt – sie hatte sicherlich nicht bemerkt, daß …

„Frau", sagte er deshalb, „nu sieh dir doch die Hasen erst mal richtig an!" Und – was er noch nie getan hatte – er half seiner Frau beim Aufstehn und reichte ihr dann jeden Osterhasen zur eingehenden Betrachtung. Beim ersten Hasen blickte Frau Jekstat recht verdutzt, beim zweiten schmunzelte sie, beim dritten kicherte sie, bei jedem weiteren Hasen verstärkte sich ihr Lachen, sie juchte auf, zum Schluß wischte sie sich die Tränen aus den Augen und japste: „Ich kann nich mehr – nei, ich kann nich mehr! Was du bloß für Ideen hast, Albert! Ich glaub', du bist doch e Künstler." Sowas hörte Albert gern.

Frau Jekstat hatte es plötzlich sehr eilig, der Pulkus mußte zu Petereits, ihren nächsten Nachbarn, gebracht werden. Und mit dem Pulkus, durch den die Urdupöner die amtlichen Mitteilungen des Dorfschulzen erhielten, wanderte auch die – weitaus wichtigere – Neuigkeit von Albert Jekstats Kunst-Erzeugnissen durch das Dorf.

In den nächsten Tagen erschienen sie alle, die Pötschats, Turkats, Blosats, Petereits, Kallweits und Schneidereits, die Jurglies und Burblies, Rimkus und Buttkus. Kinder und Enkelkinder wurden mitgebracht, die Kleinsten wurden hochgehoben, damit auch sie das Wunder bestaunen konnten.

Dicht beieinander standen sie da, die Osterhasen. Auch große und kleine, sitzende und stehende, – aber ein Hase hatte Stoßzähne, der andere eine lange Wippnase, der dritte schielte mächtig, der nächste hatte eine dicke Backe mit einem umgebundenen Taschentuch, einer gar drei Vorderbeine, ein Hase einen leuchtend roten Hahnenkamm, und einem war, anstelle des Stummelschwänzchen, ein Katzenschwanz gewachsen, den er, sitzend, nach vorne geringelt hatte. Alberts Fantasie war unerschöpflich gewesen: Da hatte er einen Hasen sogar als König herausgeputzt, mit Zepter in der erhobenen Pfote und goldener Krone auf dem Kopf, ein anderer hielt ein Bierglas in der Pfote. Bei einem Hasen suchte man vergeblich nach einem besonderen Merkmal, aber diesem hatte Albert ein kreischendes Grün verpaßt.

Wie eingangs gesagt, Albert Jekstat war ein Spaßvogel.

Schließlich gab es niemand im Umkreis von mehreren Kilometern, der die Osterhasen-Galerie nicht gesehen hatte. Als dann von Albert Jekstats kuriosen Werken sogar in der „Pillkaller Grenzzeitung“ berichtet wurde und man ihn als „fantasievollen Künstler“ bezeichnete, war die Sensation perpekt. Albert genoß die Bewunderung, und alle Urdupöner waren stolz auf ihren Dorfbewohner und sonnten sich in seinem Ruhm. Und die alte, verhärmt aussehende Anna Keiloweit sagte kopfschüttelnd: „Und das alles hat er zuwege gebracht mittem Bandwurm in seine Därmels.“

Das war allerdings noch immer Alberts großer Kummer. Schon seit einiger Zeit focht er einen inneren Kampf mit sich und seinem lieben Gott aus, ob er nicht doch …?

Eines Tages dann sagte er zu seinem angetrauten Weib, die ihn gerade bedauert hatte, daß er dreimal so viel wie sie essen mußte: „Bring mir morgen, wenn du zum Kaufmann gehst, eine Flasche Korn mit. Ich probier es.“

Und Frau Jekstat, die nicht nur eine fürsorgliche, sondern auch eine gehorsame Ehefrau war, brachte die gewünschte Flasche mit.

Albert meinte, es wäre besser, den Schnaps zu trinken, ohne vorher Abendbrot zu essen, damit der Alkohol besser wirken würde. Und er meinte auch, es wäre angebracht, vorher zu beten und den lieben Gott um Verständnis zu bitten und um Vergebung der Sünde – falls es eine sei.

Nachdem er solches verrichtet hatte, goß er sich ein Schnapsglas Korn ein, trank es aus, goß neu ein und trank auch das aus. Und das nächste. Er kippte den Korn in einem Zug herunter, Frau Jekstat sah dem Trinkgebaren ihres Mannes mit Unbehagen zu. „Du kippst den Schnaps wie ein alter Säufer“, sagte sie mit leicht gehässigem Unterton in der Stimme. Das ärgerte Albert. Er goß sich einen neuen Schnaps ein, hob das Glas und sagte, schon mit etwas schwerer Stimme: „Nu gerade! Ich könnt’ mich wahrhaftig dran gewöhnen. Prost Martha!“

Das waren seine letzten Worte. Frau Jekstat dachte, er mache mal wieder einen seiner Späßchen, als er den Mund weit aufriß, die Augen verdrehte, aufsprang, mit den Armen fuchtelte, die Arme hochriß, und plötzlich – wie vom Blitz getroffen – umfiel.

„Was machst du für Theater, Albert – was soll das! Verträgst wohl kein Schnaps mehr, was?“ lachte sie.

Allein, Albert gab keine Antwort. Er konnte nicht mehr antworten, Albert Jekstat war tot. Den letzten Schnaps hatte er sich voll in die Luftröhre gekippt und war daran erstickt.

„Was für ein tragisches Ende“, raunten die Dorfbewohner, „seinen Bandwurm wollt' er dotmachen, nu is er selber dot.“

Und alle, alle kamen sie zu Alberts Begräbnis, wollten sich von dem großen Künstler verabschieden, der in der guten Stube friedlich aufgebahrt dalag. Mit Trauergesicht traten sie alle an den Sarg, die –ats, –eits, –ies und –us, manche weinten. Alle aber traten sie vom Sarg mit Schmunzeln zurück, ja, der alte Petereit konnte sich nicht beherrschen und prustete los vor lachen.

Albert, der Verblichene, hielt in seinen gefalteten Händen einen Osterhasen, dem dicke Farbtränen auf den Backen standen.

Dieses war Alberts Vermächtnis, das er einst seiner Frau anvertraut hatte. „Legst ihn in mein Grab“, hatte er gesagt, „damit wenigstens einer um mich weint.“

Wie schon zweimal gesagt, Albert Jekstat war ein Spaßvogel.

Im Dorf aber zerbrach man sich noch lange darüber den Kopf, „ob der Bandwurm nun wohl auch dot sei, oder aber ob er vielleicht ...?“

TÄTIS

Noch heute habe ich deutlich dieses Bild vor Augen, obwohl seitdem fast sechzig Jahre vergangen sind: Tätis sitzt auf den bereits befestigten Dachsparren unseres Stall-Neubaus und ruft in Abständen: „olz komm!“ Mein Vater reicht ihm den nächsten Sparren, Tätis nagelt ihn fest und ruft, mit nicht zu überhörender Wichtigkeit in der Stimme, sein nächstes „olz komm!“

Tätis hatte in jungen Jahren Zimmermann gelernt und, neben seiner kleinen Landwirtschaft, den Beruf früher auch ausgeübt, lebte nun aber schon etliche Jahre mit seiner Frau bei Tochter und Schwiegersohn auf Altenteil. Daß ihm nun, mit seinen fast siebzig Jahren, von meinem Vater angetragen wurde, den Dachstuhl zu errichten, muß ihn wohl mit großem Stolz erfüllt haben, was nicht nur seine Stimme verriet, man konnte es auch seinem Gesicht ansehen. Zeigten seine Mundwinkel sonst immer ein leichtes, kaum wahrnehmbares Lächeln – was zu seinen etwas derben Gesichtszügen gar nicht so recht passen wollte – so war er bei seiner Tätigkeit auf dem Dach todernst. Er war sich seiner Wichtigkeit sehr wohl bewußt.

Tätis war der Großvater meiner engsten Freundin Irmchen und wohnte, genau abgemessene, dreihundertvierundsiebzig Kinderschritte von unserem Hof entfernt. Zur Familie zählten, außer den eben genannten Großeltern, Irmchens Eltern und ihr vier Jahre älterer Bruder Reinhold, von Großmutter nur „Reinele“ genannt.

Niemand aus unserem Dorf wäre auf die Idee gekommen, Tätis mit „Herrn Gudjons“ anzureden, niemand aus der Verwandtschaft mit „Onkel“ oder andere Verwandtschaftsgrade benutzend, die Enkel mit „Opa“, oder Tochter und Schwiegersohn mit „Vater“.

Jedoch „Vater“ hieß, ins Litauische übersetzt, „Tätis“. Tätis sprach fließend litauisch, dagegen deutsch nur wenige Worte und vermischte sie, in oftmals unzusammenhängenden Sätzen, mit unserem Platt. Sprach er mit uns Kindern, war sein Kauderwelsch immer von einem gütigen Lächeln begleitet; vielleicht wollte er damit von seiner Sprachunzulänglichkeit ablenken. Wir Kinder aber hätten Tätis auch ohne sein Lächeln immer verstanden! Das „H“, im Litauischen nicht vorhanden, gab es daher für ihn auch nicht in der deutschen Sprache, deswegen das vorhin erwähnte „'olz komm“.

Ich muß vier oder fünf Jahre alt gewesen sein, als sich mir allwöchentlich ein unvergeßliches Schauspiel bot. Sah ich Tätis, angekündigt durch wütendes Bellen unseres Hundes und aufgeregtem Schnattern der Gänseschar, durch das Hoftor kommen, flitzte ich schnell zu meinem Opa in die Stube. „Tätis kommt“, rief ich, hopste auf die Ofenbank und freute mich auf das, was sich gleich abspielen würde.

Einmal in der Woche der gleiche Ablauf: Tätis klopfte mit seinem Spazierstock – ohne den er nie aus dem Haus ging – zweimal kurz und knallend gegen die Tür und stand auch gleich darauf im Zimmer, ohne ein „Herein“ von Opa abzuwarten. Selten wünschte er Opa ein „laba diena“ (Guten Tag), er stürzte förmlich auf ihn zu und hielt ihm die „Keleiwis“ unter die Nase, tippte aufgeregt mit seinem dicken Zeigefinger mehrmals auf einen Artikel oder eine Überschrift und stellte eine Frage. Zweimal schnell hintereinander. Jede Woche die gleiche Frage, jedesmal voller Entrüstung gestellt, jedesmal in Litauisch. Was ich natürlich nicht verstand. Aber die Frage konnte nur geheißen haben „Hast du das gelesen?“ Die Keleiwis war eine litauische Wochenzeitung, die durch die Post zugestellt wurde, mein Opa erhielt sie auch, und er las sie auch gründlich.

Anscheinend hatte er den betreffenden Artikel immer gelesen, und anscheinend war er immer anderer Meinung als Tätis.

Ja, ich vermute heute, daß das zum Auftakt des Theaters gehörte, das die beiden alten Männer aufführten. Denn was nun kam, war Theater. Sie spielten es für sich selbst, ohne daß je ein Manuskript dafür geschrieben wurde, ohne daß jemand Regie führte.

Natürlich verstand ich nichts von den nun folgenden, in Litauisch geführten Dialogen, aber wie sie geführt wurden – das faszinierte mich: Die Stimmen der beiden Akteure wurden laut und lauter, einer fiel dem anderen ins Wort, sie schrien sich an, wurden wieder gefährlich leise und kamen sich dabei mit den Köpfen, wie zwei Kampfhähne, nahe, um gleich darauf zurückzuweichen. Tätis stieß wütend seinen Stock in die Holzdielen, mein kleiner schmächtiger Opa fuchtelte mit den Armen, fingerte an seinem zu eng sitzenden Hälschen, setzte sich hin, sprang wieder auf, Tätis faßte mit einer Hand Opas Jackenrevers und stach mit dem Zeigefinger der anderen Hand auf Opas Hälschen ein, damit rhythmisch seine Worte unterstreichend. Opas Stimme wurde immer höher, überschlug sich fast hysterisch, sein weißer Bart hüpfte auf und nieder, sich jeder Bewegung seines Kinnes anpassend, und wenn dann sein, meist erschöpft hervorgestoßenes „gana – gana“ (genug – genug) kam, war Schluß.

Opa wischte sich die Spucke, die sich während des Wortgefechts in seinem Bart verfangen hatte, mit dem Ärmel weg, Tätis lachte und schüttelte seinem Mitmimen die Hand. Der drehte sich um, griff vom Bord sein immer griffbereit stehendes Quartierchen Korn, samt Glas, und belohnte sich mit einem Schlubberchen. Nur sich alleine belohnte er, Tätis hätte sowieso gedankt. Er war ein gottesfürchtiger Mann.

Solches hatte ich einmal gehört, als das meine Mutter zu meiner Tante gesagt hatte. „... Tätis rührt keinen Schnaps an, er ist ein gottesfürchtiger Mann.“ Dieses „gottesfürchtig“ hatte mich damals eine Weile beschäftigt. Warum sollte Tätis Gott fürchten! Gott mußte doch gut sein, man sagte doch „der liebe Gott“.

Heute weiß ich: „Ehrfürchtig“ wäre zutreffender gewesen, denn Tätis mußte zu Gott und zu allem was er auf dieser Erde – insbesondere in seinem Garten – wachsen ließ, ein besonderes Verhältnis gehabt haben. Unter Tätis Händen gedieh alles.

Nirgends im Dorf sah man so prächtige gesunde Obstbäume stehen wie in seinem Garten, und schon gar nicht Bäume, die bis zu vier verschiedene Sorten Birnen oder Äpfel an ihren Ästen hängen hatten. Dieses war nicht etwa eine Laune der Natur gewesen, nein, das hatte Tätis mit seinen geschickten Händen, mit Liebe und Sachverstand geschaffen, er hatte den Mutterbäumen junge Triebe aufgefropft. Sie wuchsen unter seiner behutsamen Pflege immer an und gediehen prächtig.

Ich erinnere mich noch genau daran, wenn Tätis bedächtig durch den Garten schritt, vor jedem einzelnen Baum stehen blieb und ihn, auf seinen Spazierstock gestützt, eingehend betrachtete. Manchmal zog er sich mit der Krücke seines Stockes einen Ast heran, um ihn von nahem anzusehen. Danach ließ er den Ast aber nicht zurückschnellen, nein, er ließ ihn ganz behutsam nach oben gleiten.

Einmal, als ich mit Irmchen bei unserem beliebten „Vater-Mutter-Kind-Spiel“ mit unseren Puppen auf der ausgespreiteten Decke auf dem Rasen saß, sahen wir beide, wie Tätis an einem jungen gepfropften Zweig, an dem sich schon kleine Blätter zeigten, leicht mit dem Finger darüberstrich und sich dabei seine Lippen bewegten. Wir verhielten uns ganz still und lauschten. Kein Zweifel, er sprach zu dem jungen Trieb. Litauisch. Wir hielten uns die Hand vor den Mund und gnidderten, damlich wie wir waren.

Reiften dann Tätis Birnen oder Äpfel, konnten wir es gar nicht erwarten, bis die ersten vom Baum fielen, und das waren immer die „Juli-Butterbirnen“. Ob sie wirklich so hießen, oder von Tätis so benannt, weiß ich nicht. Egal – sie

Tätis in seinem Garten

waren von solcher Köstlichkeit, daß wir jeder Birne nachtrauerten, die in den Ziehbrunnen gefallen war, denn einige Äste des Baumes hingen genau darüber.

Die „Schmandäpfel" und „Kurzstielchen" waren die Krönung unter den gepfropften Apfelsorten. Ich ließ meinem Vater keine Ruhe und bettelte immer wieder, er solle doch auch einen unserer Bäume Schmandäpfeltriebe aufpfropfen. Papa gab meinem Bitten schließlich nach, ließ sich von Tätis einen kleinen Zweig geben und pfropfte ihn auf einen Wildling, der in unserem Garten stand.

Ich glaube nicht, daß mein Vater mit dem kleinen Zögling gesprochen hat, trotzdem wuchs er an und bescherte uns im dritten Jahr die ersten Schmandäpfel, ganze fünf Stück. Und sogar der wilde Apfelbaum, der nur deswegen nicht umgehauen worden war, damit wir im Winter durchs Küchenfenster die Buntspechte beobachten konnten, wie sie an den, von uns dort angehängten großen Fleischknochen – vom Wurstmachen übrig geblieben – herumhackten, war aus seiner Lethargie erwacht. Er, der zuvor nie einen Apfel hervorgebracht hatte, hing von nun an in jedem Jahr voller roter, süßer Äpfel, die sich im Keller bis in den Winter hinein frisch hielten.

Die gleiche Sorgfalt und Fürsorge die Tätis seinen Obstbäumen angedeihen ließ, galt auch seinen drei Bienenvölkern. Sie überlebten jeden ostpreußischen Winter. (Mein Vater hatte es auch einmal mit einem Bienenstock versucht, im Frühjahr kroch nicht ein einziges Bienchen aus dem Flugloch.) Tätis Bienenstöcke standen nebeneinander zwischen den Obstbäumen, die fleißigen Tierchen hatten Pollen und Nektar gleich „vor der Haustür", und die Bäume dankten es alljährlich mit einem üppigen Obstsegen.

Zweimal im Jahr wurde Honig geschleudert. Irmchen gab mir das immer vorher zu wissen, damit ich bei diesem Ereignis dabeisein konnte, denn in unserer abgeschiedenen Dorfidylle zählten schon solche Dinge zu den aufregenden Erlebnissen, die ein Kinderherz erfreuen konnten.

Bevor Tätis und Irmchens Vater die Honigwaben aus den Bienenstöcken holen gingen, banden sie sich unten die Hosenbeine zu, streiften Handschuhe über und zogen sich über die Mütze und das Gesicht eine alte Tüllgardine, die über der Brust auch festgebunden wurde. Aussehend wie zwei Wesen vom anderen Stern schritten die beiden wackeren Männer zur Tat. Während Irmchens Vater die Vorderfront des Bienenhäuschens abzunehmen begann, pustete Tätis mit einem Handblasebalg dicke Torfrauchschwaden gegen den, in Aufregung geratenen, Schwarm von Bienen, die ihren Angriff gegen die Honigräuber starteten.

In respektvollem Abstand zu den Angreifern beobachtete ich mit Irmchen das Geschehen, wir sahen wie ein Holzrahmen nach dem anderen, prall ausgefüllt mit dicken Honigwaben, in die bereitgestellten Eimer wanderte und warteten voller Ungeduld auf das Schleudern. Das heißt, nicht auf das Schleudern, das war ja nur ein technischer Vorgang, aber was danach kam – das war das Schönste, das Tollste, das Beste: Wir durften die beim Schleudern in der Zentrifuge abgebrochenen Wabenstücke auslutschen! Das Auslutschen allein genügte uns aber nicht, wir kauten Stück für Stück so lange im Mund herum, bis von Honig keine Spur mehr war. Zum Schluß hatten wir nur noch Wachsgeschmack im Mund, und der erinnerte uns noch einige Stunden an das Honigschlekken.

Anfangs sagte ich „… unter Tätis Händen gedieh alles“. Zurückblickend muß ich sagen, es war schon eigenartig: Obwohl wir nur gute hundert Meter entfernt voneinander wohnten, eine dichte Lindenhecke unseren Garten säumte und auf unserem Anwesen auch diverse Sträucher vorhanden waren, wählten sich die Vogelpärchen Tätis Garten für das Wochenbett ihrer Vogelkinder. Winkte Tätis Irmchen und mich zu sich und legte dabei den Zeigefinger auf seinen

Mund, wußten wir, daß er uns zu einem Nest führen will, und das hieß für uns, leise aufzutreten und den Schnabel halten.

Ob die Vögel ihr Gelege in der Ligusterhecke, die eine Seite des Gartens begrenzte, versteckt hatten, ob in den dicht gedrängt stehenden Eisbeerensträuchern neben dem „Abé“ oder im üppig blühenden Schneeball-Gebüsch, Tätis entdeckte sie alle. Und Katzen, die es in der Umgegend reichlich gab, hatten in seinem Garten keine Chance, sich die Vogelkinder einzuverleiben, er paßte auf. Die Namen der einzelnen Vogelarten nannte Tätis uns auch, aber leider wußte er sie nur litauisch zu sagen, davon habe ich einzig das Wort „Paukstitis“ behalten. Und das bedeutet einfach „Vogel“.

Nachdem mein Opa 1933 gestorben war, habe ich Irmchen immer ein wenig um ihren Tätis beneidet, vielleicht auch darum, daß er seiner Enkeltochter jeden Wunsch erfüllte, wie ausgefallen er auch war. Ob Irmchen sich Stelzen wünschte oder einen kleinen Leiterwagen, an dem sie ihren Hund vorspannen konnte, oder Dippchen – die eigentlich nur Jungs trugen –, ihr Tätis hatte für alles Verständnis, konnte alles und fertigte alles. Selbst als Irmchen sich eine kleine Ziege wünschte, verhalf ihr dazu ihr Tätis. Bei ihrem Vater stieß sie mit diesem Wunsch auf völliges Unverständnis: „Keiner hier in der Gegend hat eine Zigg’, und du dammlige Marjell willst eine haben. Hast Karnickels, hast Meerschweinchen, nu willst auch noch e Zigg’! Kannst dich aufen Kopp stellen, du krichst keine. Überhaupt – was meinst, was de Leute sagen werden – lachen werden se und speilzahnen!“ So ihr Vater.

Ihr Tätis aber kam eines Tages mit einem jungen Zicklein an, mit der einen Hand sein Fahrrad führend, mit der anderen die kleine Ziege am Strick.

Fast täglich war ich mit Irmchen zusammen, mal spielten wir zusammen bei uns, mal bei ihr, manchmal half ich ihr, der drei Jahre jüngeren, auch bei den Schularbeiten, damit wir schneller zum Spielen kamen. Für mich war es viel interessanter, bei Irmchen zu sein, dort gab es immer etwas Neues, bei uns kannte ich ja alles.

War Tätis für alles, das für uns interessant war, im Garten zuständig, so war es seine Frau, also Irmchens Oma, im Haus. Unvergeßlich sind mir ihre Essigkruschken, die, eingelegt in Steintöpfen, in der Speisekammer standen. So manches Mal haben wir ihr heimlich einen Besuch abgestattet, und natürlich haben wir an den Kruschken nicht nur gerochen! Was meine Mutter nie kochte, kochte Oma Gudjons: Kissehl aus Hafermehl und Strohkeilchen. Und wenn ich gerade bei ihnen war, durfte ich mitessen. An den Geschmack vom Kissehlbrei, mit kalter Milch übergossen, mußte ich mich erst gewöhnen, aber die Strohkeilchen mit brauner Butter, Zucker und Zimt, sie schmeckten mir zum „Huckenbleiben". Wie ich kürzlich von einer jungen Litauerin erfuhr, kocht man diese Strohkeilchen noch heute in Litauen, dort „Schaudinnes" genannt. (So sagte auch Oma Gudjons dazu.) Diese Strohkeilchen sind – wem der Name rätselhaft erscheinen mag – Hefeklöße, die nicht auf dem Tuch im Dampf gegart werden, sondern auf einer, im Wasser liegenden, dicken Lage Weizenstroh.

Oma verstand es auch, ganz besondere Getränke herzustellen. Wo in unserer Gegend alle Bäuerinnen dunkeles Bier aus Malzkaffee zusammenbrauten, braute sie auch helles Bier. Für das Rezept habe ich mich nie interessiert, aber ich erinnere mich noch an die große Holzmolle mit der in Wasser eingeweichten Gerste, die im Halbdunkel des Flures tagelang zum Gären gestanden hat. Oma nannte ihr Gebräu „Patschukis". Und so schmeckte es auch. Aber ihre Limonade aus Birkenwasser, sie schmeckte toll! Hinter ihrer Scheune standen zwei große Birken, eine davon wurde, in jedem Jahr umschichtig, angezapft. Zwei bis vier Eimer gab der Baum von seinem Lebenssaft tropfenweise her, dann wurde die

Wunde wieder verschlossen. Einen Teil des Birkenwassers brachte Oma zum Gären, und daraus entwickelte sich eine köstliche Limonade. Prickelnd, erfrischend und gesund! „Ohne chemische Zusatzstoffe“ würde heute auf dem Flaschen-Etikett stehen.

Wenn ich hier von „Oma“ spreche, so habe ich sie doch immer mit „Frau Gudjons“ angesprochen. Nicht, daß sie vielleicht respekteinflößend auf mich gewirkt hätte, das nun wirklich nicht. Klein und schmächtig wie sie war, wirkte sie eher unauffällig. Nie habe ich ein lautes Wort von ihr, oder sie gar schimpfen gehört; selbst die Untaten ihres verrückten Enkels „Reinele“ entschuldigte sie und verstand es, ihn zu besänftigen, wenn er kreischend und um sich schlagend seinen Kopf durchsetzen wollte.

Oma Gudjons trug, ob Sommer ob Winter, einen langen angekrausten Rock, darüber eine Halbschürze gebunden, und eine Kattun-Bluse. Alles in tristem Grau, Schwarz oder Dunkelblau gehalten, allenfalls die Bluse mit ein paar Streublümchen oder heller gehaltenen Pünktchen zeigte sich freundlicher, und sie unterschied sich in nichts von den anderen Omas in unserer Gegend. Alle hatten sich dieser Mode verschrieben. Oma Gudjons allerdings trug ständig, auch im heißesten Sommer, ein wollenes Kopftuch, ohne das ich sie nie gesehen habe. So könnte ich auch gar nicht sagen, wie die Farbe ihrer Haare war; in den letzten Jahren sicher schon grau. Das Bild, das ich noch am deutlichsten von ihr in Erinnerung habe, ist, daß ich sie an ihrem Spinnwocken in Aktion sehe und ihr Köpfchen dabei hin und her schüttelt. Dieses Kopfschütteln plagte sie ständig.

Irmchens Oma spann nicht nur Schafwolle, sie spann auch Flachs, den sie selbst aus dem Boden gezogen, getrocknet, gebrochen, gehechelt und gekämmt hatte. Zu einer Docke gedreht auf das Spinnrad gesteckt, drehte sie die Fäden, ließ sie auf die Spindel gleiten, um sie danach, in Lagen gebracht, zu bleichen.

Ich weiß nicht zu sagen, ob in den letzten zwölf Jahren in unserem Dorf noch jemand, außer Oma Gudjons, gewebt hat. Sie tat es noch. Ein Produkt aus ihrem Webstuhl zierte die Ehebetten von Irmchens Eltern: zwei weiße Bettdecken mit dem in Ostpreußen so beliebten Waffelmuster.

Apropos Betten: Tätis schlief in einem Ungetüm von Himmelbett mit rot-weiß karierten Vorhängen, Oma gegenüber, getrennt durch einen schmalen Gang, in einem schlichten Holzbett. Anstelle einer Sprungfedermatratze aber gab es nur Holzbretter, auf denen eine Lage Stroh geschichtet war, darüber das, mit Gänsefedern gefüllte Unterbett. Auf dieses Stroh nun packte Oma im Spätherbst Äpfel! Zwar nur ans Kopfende, trotzdem füllte ihr Duft die ganze Stube, so daß man unweigerlich Appetit auf Äpfel bekam.

Ich glaube, alle Großmütter dieser Welt haben das Bedürfnis, ihren Enkelkindern etwas Gutes anzutun, sie zu beschenken, sie zu verwöhnen. Oma Gudjons bildete da keine Ausnahme, nur – was konnte sie ihren Enkeln denn schenken? Geld um Süßigkeiten oder gar Spielzeug zu kaufen, hat eine Oma, die auf Altenteil lebt und auf die Gnade ihres Schwiegersohnes angewiesen ist, kaum. Sie beglückte ihre Enkel – und des öfteren auch mich – mit Äpfel aus ihrem Bettversteck! Es war eigentlich immer ein ganz spannender Moment für mich, wenn Oma, köpfchenschüttelnd, bedächtig zu ihrem Bett ging, Bettdecke, Oberbett, Kopfkissen und Laken langsam hochschlug und das Apfeldepot zum Vorschein kam. Mit Kennerblick suchte sie die reifsten Äpfel heraus und drückte jedem von uns einen in die Hand.

Mir ist es heute unbegreiflich, warum wir diese Äpfel so gern aßen. Sie schmeckten anders als frische vom Baum, gewiß, aber wirklich nicht unangenehm. Vielleicht schmeckten sie nach Stroh? Vielleicht nach Bettfedern? Oder nach Oma Gudjons? Alle drei Geschmacksrichtungen sind mir unbekannt, so werde ich nie wissen, wonach die Äpfel schmeckten. Auf jeden Fall waren sie schön mürbe.

Die Enkeltochter von Tätis, meine Freundin Irmchen

Tätis hat das Ende des Krieges nicht mehr erlebt. Im Mai 1942 fand ihn Irmchens Vater in seinem Garten, sitzend an einen, in voller Blüte stehenden, Apfelbaum gelehnt. Tot.

Oma Gudjons war, zusammen mit Irmchen und ihrer Mutter, (Vater war beim Volkssturm) mit uns bis in die Kaschubei, 20 Kilometer westlich von Danzig, geflüchtet und ist, kurz nach dem Einmarsch der sowjetischen Armee, gestorben. Mein Vater hat noch, gemeinsam mit einem Polen, in der gefrorenen Erde ihr Grab ausgehoben.

Irmchen und ihre Mutter mußten, auf Geheiß der sowjetischen Kommandantur, zurück nach Ostpreußen. Zu Fuß schleppten sie sich bis in unser Dorf an der Scheschuppe, das heute nicht mehr existiert, so weit das Auge reicht, nur Bäume, Büsche, Wald und weites Land. Unsere Lindenhecke ist zu einem kleinen Wald mit 46 dicken Baumstämmen geworden und zeigt, wo einst unser Hof gestanden hat. Hundert Meter weiter, zwischen Mauerresten und Gestrüpp, steht einsam ein Apfelbaum. Von Tätis Garten. Unser kleiner Friedhof in der Nähe liegt friedlich wie einst da, ist nicht von Grabräubern durchwühlt worden. Zwei Grabhügel heben sich von den anderen, die sich dem Erdboden angeschmiegt haben, deutlich ab. Auf einem einfachen Feldstein am Kopfende kann man, anscheinend mühsam eingeritzt, lesen: „Hier ruhet in Gott“. Nichts weiter.

Ich weiß: Hier ruhet in Gott meine Irmchen und ihre Mutter. Neben Tätis.

Erklärung der ostpreußischen Ausdrücke

aasig = sehr

Abé = Abort

abmarachen = abmühen

Anno Kruck = es ist lange her

bedripst = betrübt

behumpst = beschummelt

betuddern = liebevoll versorgen

Bixen = Hosen

blabbern = dummes Zeug reden

boßig = böse

Bröch = Bauch

buggern = anstoßen

burbeln = sprudeln

Dammlack = Dummkopf

dammlig = dumm

Deez = Kopf

Deiwel = Teufel

Differt = Täuberich

Dippchen = Holzschuhe

Dittchen = Groschen

Dolbregen = Draufgänger

dreibastig = frech

Dubbas = etwas Vorstehendes, auch kleiner Gegenstand

Flederwisch = Gänseflügel mit Federn von der toten Gans,

Flochten = Flügel

foorts = sofort

Fupp = Tasche

gebumfiedelt = geehrt

gedeichselt = geschickt gelenkt

gekeschert = eingefangen

Gewui = Gejammer (wuien)

Gerebbel = besonders großer Mensch

geschmurgelt = gebraten

geschorrt = gerutscht

Gesums = allerlei Gegenstände

gewurracht = abgemüht

gieprich = begehrlich

Glumse = Quark

gniddern = kichern

gluupsch = böse dreinschauen

Gnosz = vorwitziger Bengel

Gnatzkopf = Nörgler

Gnubbel = kleiner Mensch oder Gegenstand

graulich = scheußlich

Haafke = Habicht

Hälschen =Hals- und Brustwärmer

Hutzel = Hefe-Kleingebäck wie Schnecken usw.

jankern = Appetit haben

jrimmelieren = im Stillen ärgern

Kaburr = baufällige Hütte oder auch Hühnerkäfig

Kalupp = unansehnliches Haus

Kassäter = Kleinbauer

Keuchel = Küken

klabastrig = wacklig, zerbrechlich

Klischen = Füße

klucken = hocken (von Glucke)

Knipschus = einer, der knifflige Arbeiten macht

Kobbel = alte Stute

koddrig = mies, schlecht

Kos = Ziege

Kräten = Kröten (Schimpfwort)

Krepschull = beim Kragen fassen

Kunterchen = kleines Pferd

kurrig = böse, nörgelnd

labbrig = weichlich

Labommel = großer ungelenker Junge

Lorbaß = Schlingel, Draufgänger

Luntrus = Lümmel

Marjell = meist liebevoll für Mädchen, aber auch abfällig

Muschkoten = Soldaten ohne Dienstgrad

Mutzkopf = Klaps auf den Kopf

nuscht = nicht

pannebratsch = plump vertraulich

peesen = rennen

Pillkaller = Korn mit einer Scheibe Leberwurst und Senf

Pilzkes = Pilze

Plawuchten = Bösewichte

Pochel = Läuferschwein

Posen = Betten

Prömmel = dicker Mensch

Pungel = gefüllter Beutel

Rabbacks = Stoß

rumkalbern = herumalbern

schabbern = plaudern

Schaschke = Soldat

schlackern = schütteln

Schleef = Holzplatte mit Kufen

Schlorren = Holzpantinen

Schlubberchen = Schluckchen

Schlorrengymnasium = Volksschule

Schmadder = weiche, nasse Masse

Schmandbixen = weiße Hosen

Schmeißweg = Verkäufer billiger Waren, auch Marktschreier

schmengern = naschen

Schmiszer = Freund, Liebhaber

schnicksern = mit dem Taschenmesser schnitzen

schorren = rutschen

Schrumm = Tanz, Ball

Schubiak = schäbiger Kerl

simmelieren = grübeln

speilzahnen = lästern

Spirgel = gebratener Speck

spirren = dagegensperren

Stabutzer = kleiner, stämmiger Junge

Starnicksel = Schlag ins Genick

Stippel = etwa 3/4 Liter großes Schöpfgefäß, das im Wassereimer hängt

suckeln = saugen

tachteln = Ohrfeige hauen

Tröster = Rohrstock

Turgus = Markt

vergnatzt = verärgert

verkabbelt = verzankt

verschwiemelt = verschwommener Blick

verwamst = verhauen

weimern = jammern

Wischkoll = Haare

wurrachen = sich anstrengen

Zagel = Schwanz

[redacted]